文春文庫

ヒヨコの蠅叩き

群　ようこ

文藝春秋

ヒヨコの蠅叩き　目次

私が「つう」と呼ばれる理由　9
電磁波との戦い　18
復縁リング？　27
恐怖　母のイタリア旅行　36
夏に太り、冬に太る　46
幸福の青い鳥　55
フェロモンと狼　64
嘘つきの真実　74
チーマーVSおやじ　84

極楽エステ大騒動　94
ホテル缶詰生活・私の場合　103
不幸せの青い鳥　112
小松菜紛争勃発　122
子ネコの因果応報　131
すっぽんぽんでマッサージ　140
前世占い大奥㊙物語　149
三分間顔写真の衝撃　158
サイクリングばあさん　167

狂乱のカラオケ大会　176
試験問題の悪夢と正夢　185
足裏もみもみ極楽行き　194
建て替えをめぐる攻防　203
心理テスト・鬼退治編　212
女ひとりの深夜タクシー　222
ああ、このままでは……　232
あとがき　241
文庫版あとがき　244

ヒヨコの蠅叩き

私が「つう」と呼ばれる理由

私はローンというものが大嫌いである。とにかく借金が嫌で、「いつもにこにこ現金払い」をモットーとしていた。ところがその大嫌いなローンを背負い込むことになった。うちの母親が、突然、今年になって土地を買いやがったからである。

以前から、家を建てる話があったのは事実だ。しかしそれは私と、独身の弟の間だけの話で、彼はいずれ二世帯住宅を建て、母親と一緒に住むといっていた。私は、

「そりゃ、ぼっちゃん、ええこっちゃ」

といい、そのときは土地代くらいは出すからといった。去年の年末に弟に確認したところ、

「あと二、三年はその予定はない」

という返事だったので、そのつもりでいた。ところが正月、弟が母親にぽろっと家を建てる計画があると話をしたとたん、彼女はこのチャンスを逃さじと、大騒ぎになった。

有頂天になって、

「お姉ちゃんも一緒に見にくれば」

などといっていたが、私は一緒に住むわけでもなし、住む人間が好きな場所に決めればいいと思っていた。そして彼女は、当初決まっていた六十坪の土地を、狭いという理由で反古《ほご》にし、結局、八十坪の土地に決めたのだ。

「私には金のことだけいってきてくれ」

とはいった。ところが、広さも金額も一・五倍の土地に決まったと聞いたとき、私は呆然とした。いくら人の金だからといって、どうしてそんな大胆なことができるのかと、自分の母親ながら、あっけにとられたのである。

それまでつましく暮らしていて、土地の購入に命をかけていたというのなら、まあ理解もできる。しかしうちの母親は、命をかけているものが多すぎるのである。旅行、呉服、カルティエ、ミキモトの宝飾、ジル・サンダーのお洋服、グッチのお靴。みーんな私のお金で買うのである。ワイズで半袖のワンピースの袖幅を見ながら、

「私、腕が太いから、絶対に袖のところがきついと思うの」

といって試着したら、腕をうんぬんいう以前に、胴体がぱんぱんになっているのを見て、

「ざまあみろ」

と思ったこともある。彼女にはサラリーマンの年収ほどの小遣いをあげているのに、それには手をつけない。毎月0が山のようにつく買い物の支払いのために、私は働いているようなものだ。もちろん経費にはならない。そのうえ今度は金額が桁違いの土地である。母親は口では、

「もう、着物も宝石もいらないわ」

といいながら、

「でも旅行には行かせて」

と訴える目つきをする。私は子供もいないし、

「自分の稼いだお金は好きなように遣える」

と思っていたのだが、子供のほうがまだましだったかもしれない。子供だったら資本投下をしておけば、将来、自分のためになる可能性もある。しかしうちのおばばにそんなにお金を遣って、私に何のいいことがあるんだろうか。まるで金遣いの荒い、私立の歯科大学に通っている馬鹿息子を持ったようなのだ。

土地家屋のほうは弟との共同名義ということになった。私は三分の二を負担するのであるが、どうも狐と狸にうまく騙された気がしてならない。弟は現在、購入したマンションに住んでいて、それを売却して資金にあてる。ところが私のほうは、あまりに突然の話だったので、税金分しかお金がない。おまけにこのローンも全く経費にならない。

踏んだり蹴ったりなのである。それなのに母親はこちらの気も知らず、はしゃいでいる。建て売りを買うわけではないので、ドアノブ一個、トイレットペーパーのホルダーひとつ、全て選ばなければならない。そのたびにうちに電話をかけてきて、

「こういうのがあったんだけど、安いのはちゃちなのよ。デザインがいいのは、やっぱり値段もいいのよね……」

と延々と話し続ける。もう、うるさいったらない。

「もう、そういう話はしてこないで。私はその家に住まないんだし、そんなことはどうだっていいから、好きなようにすればいいじゃない」

と怒った。

「あら、はりあいがないわねえ」

などといっていたが、しばらくは家の話はしなかった。ところがひと月ほどたったとき、

「お姉ちゃんの着物のことだけどね……」

と話をし始めた。私はふんふんと聞いていると、終わりに、

「ねえ、ちょっとだけ、家の話をしていいかな」

という。

「いいわよ」

といったとたん、それから一時間、怒濤《どとう》のように喋り始めた。床暖房、浴槽、カーテン、ドアノブ、システムキッチン、生け垣。私はぐったり疲れてしまった。そして弟のことを、「あの子は本当にけちなのよ。私が選んだのを『そんないいものは必要ない』っていいながら、自分のギター部屋はちゃっかり防音にしたのよ。だったら、私の部屋をもうちょっと広くしてくれてもいいのに」

と文句をいう。上下合わせて百八十平米もある家なのに、どこまで欲が深いのかと呆れるばかりである。

私と彼らは根本的に考え方が違う。他人だったら無視できるが、血がつながっているというところが問題である。こんなことはいまさらいっても、どうしようもないのであるが、どうしてあいつらはあんなに、贅沢なのだろうかと首をかしげたくなる。どうして身分相応なところでよしとしないのか、不思議でならない。たしかに最終的に負担分は私の名義になるのであるが、そんなことに何の関心もない私にとっては、理解できないことばかりだ。もちろん親兄弟のことであるから、知らんぷりはできないが、それにしてもちょっと甘いんじゃないのといいたくなるのだ。

たとえば広い家でも、弟に結婚する予定があって、それに基づく二世帯住宅というのなら問題はない。

「弟さんが結婚する予定があるんじゃないんですか」

という人もいるが、私にはどうもそうは思えない。昔はかわいかったが、見事におやじになった弟と結婚しようという、奇特な女性がいるとは、とてもじゃないけど思えないのである。

なんだか納得できないなあと思っている間にも、着々と話はすすみ、設計図が上がってきた。私が怒っているのがわかっている母親は、

「お姉ちゃんがいつでも帰れるようにしてあるから」

と機嫌をとる。

「ふんっ」

といいながら図面を見たが、どこを見ても私の部屋はない。しいていえば、二階の便所の隣に北向きの小さな納戸があり、どうもそこらしいのであった。

母親は室内の備品選びに東奔西走していた。しかし問題がひとつあった。銀行から金を借りなければならないのだが、銀行が土地はともかく、家のほうのローンは建物が建たないと貸すことはできないといっているという。私は電話してきた弟に、

「じゃあ、銀行が貸さないっていったら、この話はどうなるの？」

と聞いたら、

「無かったことになるよ」

という。

「しめた」

と思ったのはいうまでもない。世の中はそんなに甘くないということを、彼らに教えてやらなければならない。きみたちのやっていることは、贅沢なんだと知らしめなければならないのである。その夜、母親から電話がかかってきた。

「お風呂場のドアを見にいったらね、二つに折れるほうはデザインがいいんだけど、ぺこぺこなのね。三つに折れるほうは丈夫なんだけど、デザインがよくないの」

と相変わらず能天気である。そこで私は、

「ずいぶんはしゃいでるけどね、銀行が家のお金を貸してくれなかったら、この話はないことになるんだから、お調子に乗るのも、ほどほどにしときなさいよ」

と釘をさした。すると、

「あーら、大丈夫よ」

といいながらも、心配になってすぐ弟のところに電話をしたらしい。彼から、

「そうなったら、この話は無しになる」

といわれて、母親は、

「そんなの、失礼だわ」

としばらくぷりぷりと怒っていたが、多少、不安になったようだった。私は母親が不安そうな声を出すと、なんだかとてもうれしくなる体質になっていた。口では、

「お姉ちゃんがいなければ、家は建てられませんでした」

といいながら、いまひとつ私に対する感謝の念が薄い。それが証拠に、家の話が進んでからも旅行には行くわ、着物は買うわ、全く自粛している気配はないのである。

「でも、うらやましいです。親孝行をしたいと思いますけど、私にはできないし」

そういう人もいた。しかしこれは親孝行ではない。子供に対する一方的な親の搾取である。親孝行ではないのである。私にそういった人も、同じ立場になったら、ものすごく頭にくると思う。私の希望はただひとつ、銀行が家のローンに関して、「ノー」と返事をしてくれること。それだけであった。

ローンの手続きの日、私は胸がどきどきしていた。分不相応に贅沢な彼らが勝つか、一文字一文字書いている私が勝つか、勝負のときがきたのである。

「家のほうのローンの件ですが」

弟が切り出すと、先方に、

「住宅会社のほうと話がついていますので、問題はありません」

とさらりといわれてしまった。隣に座っていた母親の顔がぱっと明るくなった。私はむすーっとして椅子に座り、いわれるまま実印を押した。

すべてが終わった母親は、

「お姉ちゃん、これからお願いねっ」

と明るくいった。

「ふざけんじゃないよ。あんたの小遣い、減らさせてもらうからね」

私がそういうと、

「それは当たり前よ」

といいながらも、ちょっと顔が暗くなったのを見逃さなかった。

そしてその日、彼女はそのままデパートに直行し、またしても私の銀行口座から、次の旅行のフレンチディナーのために、ミキモトのロングネックレスが似合うブラウス、お靴とバッグをお買いあげになった。

このごろ、私は友だちから「つう」と呼ばれている。愛する与ひょうのためならば、いくらでもつうは羽を抜いて機を織るが、その相手が浪費家のおばばというのでは、あんまりではないか。

すでに丸裸になりつつあるつうは、くしゃみを何連発もしながら、今日もぱたぱたと、おばばと弟のために悲しく機を織っているのである。

電磁波との戦い

私は三十歳から物書き専業になったが、ほんの最初のころをのぞいて、ほとんどの原稿をワープロで書いてきた。そのほうがずっと能率が上がったからである。液晶タイプの画面の物を使っていたが、

「パソコンのほうがずっと使い勝手がいい」

とすすめられて、パソコンに切り替えたのが三年前である。そのとき初めて、ブラウン管のモニター画面と対面した。最初は、私でもパソコンが扱えるんだと、うれしくて仕方がなかった。ワープロと違って辞書機能もよく、変換もスムーズに行き、これまた能率が上がったのだ。能率が上がるということは、集中的に仕事をすれば、休める日が多くなるということである。そのうえ図書館やデータベースから、本の検索ができるのもありがたい。新聞記事もパソコンで読めばいい。毎日、便利に使っていたのであるが、ふっと頭に浮かんできた不安がある。それは「電磁波」なのである。

まだ手書きで原稿を書いていたころだから、今から十数年前、雑誌でアメリカのコンピュータを使う女性に流産が多かったり、生まれてきた赤ん坊に異常が認められているという記事を読んだことがあった。そのときは、まさか私がパソコンを使うようになるとは思ってもいなかったので、他人事のように思っていたし、こんなに世の中にパソコンが普及するとは想像もしていなかった。そしてそんな記事を読んだこともあり、電磁波の問題はじわじわと私の頭の中を占領しはじめたのである。

外国では高圧線の付近に住んでいる子供たちに、病気の発生率が高いといわれているという。これも恐ろしいことである。目に見えるものではないから、よけいに怖い。うちからしばらく歩くと、高圧線が走っている区域があるのだが、そこの真下に分譲マンションが建った。そこを買ったらしい家族が、エントランスのところで、満足そうににっこり笑って記念写真を撮っているのを見ると、

「大丈夫なのかなあ」

とちょっと心配になったりもするのだ。

知り合いにもいろいろと聞いてみると、

「私も気になるのよ」

という人もいれば、

「テレビからも冷蔵庫からも電子レンジからも出ているんだから、そんなに神経質にな

らなくてもいいんじゃないの」

という人まで、さまざまだった。しかし私は体のことになると、ずっと気になってならない。パソコンで仕事をしている関係上、使うのをやめるわけにはいかない。体にいいのか悪いのか、私にはよくわからないのだが、とりあえず、注意するにこしたことはないだろうと、電磁波対策を考えることにしたのである。

まず電磁波防御エプロンなるものを買ってきた。でもこれが役に立っているのかどうかはわからない。だいたい私は、

「電磁波とは何か」

と聞かれても、

「これこれ、このような物です」

と答えることができない。私のなかでは、

「なんだかとても怖そうな物」

という認識があるだけである。だからこのエプロンに関しても、

「これはいいですよ」

と書いてあったので、ああそうかと買ってみただけの話である。その次はパソコンの画面に取り付けるフィルターである。パソコン雑誌の記事で紹介してあったので、早速、問い合わせたら資料を送ってくれた。電磁波の害について書いてあり、これを取り付け

なければ、大変なことになりそうであった。

パソコンの電磁波は前面よりも側面や後ろからのほうが、たくさん出ているというので、パソコンを囲むようにして使う、シールドもチェックした。そして実は、私がそのフィルターよりも目が釘付けになったのは、資料に一緒に紹介してあった、「電磁波測定器」であった。

「こ、これだ……」

私はこういう類の物を見ると、買わずにいられない性分である。これを買わずに何を買うという突き上げるような感情のまま、シールドとフィルターと測定器を注文したのであった。一週間ほどして、商品が届いた。急いで包みを開けると、中からは三点のパッケージが出てきた。楽しみはいちばん最後にとっておこうと、まずシールドを取り出して、説明書にそって組み立てはじめた。

シールドといっても、金属製の板を両面テープで貼り合わせて組み立てる。見た感じは簡素な物なのであるが、やってみるとこれが結構大変なのだ。片方がうまくいくともう片方がぐにゃっとなり、そっちに気をとられていると、せっかくうまく貼り合わせたほうが、ぐにゃっとなるといった具合で、

「全く、もう」

とぶつぶついいながら格闘し、なんとか形にすることができた。ほっとしてふと横を

見ると、箱の中に必要であるらしい金属板が一枚残っていたのであるが、面倒なのでそのままにしておいた。

一方、フィルターのほうはただ固定器具を画面の上部につけて、そこにひっかければよいだけなので、簡単だ。思っていたよりもちょっと時間はかかってしまったが、約一時間でうちのパソコンの電磁波対策は終了したのである。

「これこれ」

高鳴る胸を押さえながら、電磁波測定器が入っている箱を開けた。中にあったのは、縦が十五センチ、横幅が八センチくらいの大きさで、対象物に向ける部分が円形をしていて、電磁波の大きさが表示される部分は長方形である。つまり昔の鍵穴のような形をしているのである。

「ふーん、これがねえ……」

私はそれを手にとりながら、振り回したり、匂いを嗅いだりしたが、特別、問題はなかった。中には四角い電池を一個入れるようになっていて、あまりに簡単な造りに、

「これで本当に電磁波が測定できるのだろうか」

とちょっと不安になったのも事実である。

電磁波の測定は強弱がランプの色で表示される。1の下には緑色のランプ、2と5の下には黄色、10のところには赤いランプがあり、ビビビビッと警告音が鳴るしくみにな

っている。とはいっても、どういうしくみだか、皆目わからない。まず、液晶画面のワープロと、ノートパソコンの画面に、スイッチを入れた測定器を近づけた。緑色のランプがちらちらっと点滅するくらいで、ほとんど電磁波は出ていないようであった。

「よしよし」

この測定器を信用するなら、この二つは大丈夫だということである。そのとき電話が鳴った。うちの電話はファクス兼用になっている。測定器を手にしながら受話器を取り、ファクスの紙が排出される部分に何気なく当ててみた。すると、黄色のランプがぴかぴか光り、ピピピッと警告音が鳴るのだ。私はあわてて、

「そうなんですよねえ」

と会話を続けながら、体をできるだけ本体から遠ざけた。すると測定器はおとなしくなった。やはりあまり近づくとよくないらしい。

今度は測定器をテレビの画面に近づけた。画面に密着させると、赤ランプが一気に点滅し、

「ビビビビ」

と激しく鳴りはじめる。もちろん画面に目玉をくっつけて見ることはないから、その点は安心なのであるが、画面のサイズが大きくなるにつれて、赤ランプが点滅する範囲が広くなり、画面が大きくなればなるほど、離れたほうがいいということもわかった。

冷蔵庫にも反応を示した。前面はそれほどでもないが、側面、特に背面は赤ランプが一気に点滅して、激しく警告音が鳴り、なんだかものすごく不安な状況に陥ったのである。

これらはすべて前座である。問題はパソコンの電磁波問題なのだ。私はパソコンのスイッチを入れ、心を落ち着けて測定器を手にした。すると画面はテレビよりも小さいのに、画面から三十センチのところでもう赤ランプが大点滅で、

「ビビビビ」

と測定器は大騒ぎ。フィルターをつけた状態でこうなのだ。

「うーむ」

次にVDTモニターの後ろ側を測定すると、ものすごい勢いの赤ランプと警告音である。パソコンは後ろ側があぶないという噂は本当なのかもしれない。ところが側面もそうなのだが、シールドの外側から測定すると、何の反応も示さない。シールドは明らかに役に立っているのだった。

私はパソコンの前に、エプロンをつけて座った。シールドに効果がありそうなことはわかった。でもこれは金属板でできている。しかしこのエプロンはふにゃふにゃで、効果があるのかないのか、いまひとつよくわからない。まず、エプロンをはずして赤ランプが点滅する位置を確認した。VDTモニターから三十センチほどの距離である。その次にエプロンごしに測定器を近づけてみると、その距離が二十五センチになっただけで

あった。何種類ものようなエプロンが発売されているから、全部が同じような具合なのかはわからないが、使っていたエプロンは、たった五センチだけ、あぶなくない範囲が広がっただけの効果しかなかった。私が望んでいるのは、それをつければ完璧なシールドのようなエプロンである。

「やっぱり、こういうふにゃふにゃな物ではだめなのか……。金属板でできた、甲冑《かっちゅう》のような物だったら、完璧に電磁波は防げるかもしれん」

などと思いながら、私はパソコンのあらゆる位置を、測定器で測っては、

「うーむ」

となっていたのである。

電磁波はいったいどうなっているのか。疑問はますばかりである。しかしアメリカで、簡素ではあるが、このような測定器が造られているということは、何だかとてもあやしい。やっぱりあやしいと思っていた矢先、テレビで関西のある地区に、病気で亡くなる人が多発しているという番組を放送していた。そこは高圧線銀座と呼ばれている場所だという。お年寄りが天寿を全うされたというのではなく、若い人も亡くなっている。彼らが住んでいた家に印をつけてみると、こんなに狭い範囲で、こんなに人が亡くなっているのは、偶然とは思えないのであった。

「うーむ、やっぱり変だ」

それから、どんなものが電磁波を出しているのか、大捜査を開始した。掃除機、ドライヤー、オーブン。黄色いランプが点滅する。隣の猫が遊びにきたので、試しに体に測定器を近づけてみたが、無反応であった。ついでに、私の股ぐらにもそっと当ててみたが、これまた無反応であった。目に見えない電磁波について怖いと思いながらも、間違いなく猫や私の股ぐらからは出ていないことだけはわかり、その点については、わけがわからないなりに納得したのであった。

復縁リング？

世の中にはなぜこういうものがあるんだろうかと、首をかしげたくなる商品がある。実は私はよろっと心が動いて、買ってしまうことがあるのだ。

以前、「週刊文春」誌上で、消しゴム版画家のナンシー関さんと、通販について対談した。そのとき私は、これまでに買ったトホホ商品ということで、寝ている間に目の疲れがとれる、という謳《うた》い文句のアイマスクを紹介した。いちおう買うときは期待したのだが、夜寝るときに装着しても、寝ている間に取ってしまっていて、効果があるのかないのかわからずじまいという代物であった。そして現品の写真撮影のために、編集部にアイマスクを送ったとき、これ幸いと、担当者に、

「もう、返さなくていいから」

といって、寄贈したのである。

そのときナンシー関さんが紹介していたのが、頭脳にいいという、頭にはめる輪っか

みたいなもので、クワガタみたいなつのが二本ついていた。彼女は、

「それがこめかみに食い込んで痛い」

といっていたのだが、私の提出したただのぺろんとしたアイマスクより、つのが出ているナンシーさんの輪っかのほうが、はるかに変で、私はその妙ちくりんな品物を購入したナンシーさんを、とてもうらやましく思ったのであった。

一般の週刊誌には載ることがないが、女性向けの雑誌の中には、いまだに変なものの広告が載っていることがあるという。知り合いの女性が雑誌の広告を見て、妙なものを購入した。それは「復縁リング」という指輪である。

彼女は私よりもひとまわり年下であるが、結婚をし、離婚も経験し、その後も何人かの男性と、出会いと別れを繰り返していた。

「ちょっといいな」

と思った男性とも、お互いに仕事が忙しくなったりして、すぐ連絡が途切れる。相手の都合がいいときに彼女の都合が悪い。それが何回か続くと、別に彼女のほうは彼のことを嫌ってはいないのに、脈がないのだと思われて、疎遠になってしまう。彼女は、

「どうして、うまくいかないのだろうか」

と口には出さないが、悩んでいたらしいのであった。

そんなときに、目の前に現れたのが、「復縁リング」だった。

「昔の彼や彼女とよりが戻って、今はとっても幸せ」

という人々の顔写真と談話が載っている。普段だったら、

「何だ、こりゃ」

といってページをめくるのに、そうはできない何かが、彼女の手をとめさせ、復縁に成功した彼や彼女の談話をむさぼるように読んだ。リングが届いた翌日から、別れた彼から電話があり、デートをして婚約したとか、学生時代、片想いで忘れられなかった彼から、突然、電話があり、交際を申し込まれたとか、バツイチから子持ちまで、とにかく幸せな人々のオンパレードなのである。

たとえどんな理由であれ、そのリングのデザインがいいとか、それならばまだわかる。そのリングというのが、

「どうして、まあ、こんなふうになっちゃったんでしょうか」

というような、あちゃーというデザインなのだ。いちおう金製なのだが、指輪といっているわりには、土台が板状ではなく、細い金線で形作っているところに、原価の深い問題がありそうだ。いちおうサンゴらしき赤い玉もついている。店に置いてあったら、誰も買わないと思うのに、そういう広告に掲載されると欲しくなってしまう。これが不思議なのである。

彼女は生まれてはじめて、広告を見て指輪を注文した。十年以上会社に勤めていたら、

「買ってみようかな」

という気になれる値段であった。数日でリングは届いた。やっぱり現物を見ても店に置いてあったら、買わないと思える物だった。ところがこれで男性と復縁ができるのならばと思うと、デザインのひどさなど、どこかにぶっとんでしまって、ものすごい威力を持った物になってしまうのであった。

胸をどきどきさせて、彼女は早速、リングをはめて会社に行った。同僚は気遣いもあるのか、彼女がしているリングを見ても、何もいわない。ところが仕事先にいったらば、そこの女性に、

「何、それ、ださーい」

とはっきりいわれてしまった。

「これは復縁リングなんですよ」

と説明しても、

「ふーん。いくら効果があっても、そんなリングをするのやだ」

といわれた。彼女も素直に、確かにそうだと思った。このリングがださいのは十分にわかっている。しかしそれでも、彼女はそのリングをはずすことはできなかったのである。

それから一週間くらいして、彼女は真顔で私に、

「実は例の彼と、ばったりレストランで会ったんです」

といった。例の彼はとにかくものすごいハンサムで、何回かの結婚歴はあるものの、仕事も順調で、見たところ非の打ち所がない男性だという。彼が誘ってくれたのに彼女の都合がつかなくて、そのまま疎遠になってしまった彼だった。

「偶然にそんなことが起きると思います？　だってそのレストランって、私もはじめていったところだし、彼の仕事場の近くだとか、そういうんじゃないんです」

彼女は目を輝かせている。

「へえ、それじゃあ、リングの御利益《ごりやく》があったのかもしれないねえ」

「きっと、そうです」

彼女は自信を持っていった。

「こんな偶然、考えられません」

たしかにそうかもしれない。私は、

「どうなるか楽しみだねえ」

といいながら、彼女の行く末を見守っていた。

それから一年、彼女はその男性ではないが、別の男性と幸せな毎日を送っている。

「やっぱり、あのリングがよかったのかも」

彼女は大喜びしながら、

「よかったら、群さんにも貸してあげます。私はもういらないから」

などという。私は思いっきり、

「いらない！」

と断り、そんなこと、あるわけないじゃないかと、ぶつぶつ文句をいった。

もう一人、妙な物を買ったのは、私よりちょっと年上の女性である。半年前から更年期障害が出てきたのか、車が運転できなくなってしまった。仕事に差し障りがあるので悩んでいると、ある女性から、

「私も同じ症状だったのだけど、これを使ってとってもよくなった」

とある物を勧められた。それは薬でもなく、器具でもなく、「磁気ベッド」だった。そのベッドに寝ていると、血行が良くなり従って体調も良くなるという。パンフレットを見せてもらったが、健康関係の商品にありがちな、

「これを使えばどんな病でも治ってしまう」

かのような印象を与えるものだった。

「で、どうしたの？」

と聞くと、

「もう買って、家に置いてある」

という。何と値段は九十万円である。

「もしかしたらさあ、これだけお金を払ったんだから、意地でも治そうっていう気構えが、具合の悪いところを治すんじゃないの。ベッドのせいじゃないかもしれないよ」

私がいうと、彼女も、

「そうかもしれない」

とうなずいた。ちょっと寝てみないかと誘われたので、私はひょこひょこと、磁気ベッドを見に行ったのである。

イメージでは、マットレスに丸い磁気のボタンみたいなものがびっしり並べられているのかと思っていたが、磁気を発するレンガくらいの大きさの物が、数個、マットレスに埋め込まれていた。試しに寝てみると、くいーんという小さな音と共に軽い振動を感じる。仰向けに寝ておでこに小さなプラスチックの箱を乗せると、中に入った金属がカラカラと動く。磁気が来ている証拠なんだそうである。ちょっと寝ただけでは、効果があるのかないのかわからない。購入した本人は、

「更年期障害に効いているかどうかはわからないけど、首の凝りは良くなった」

といっていた。九十万円のもとをとるためにも、ぜひ更年期障害も良くなってほしいと思うのであるが、まだはっきりとした結果はでていない。

みんななかなか妙な買い物をしている。それぞれにせっぱ詰まった事情がある。その心の隙間にちょろっと入り込めるか、否かが、こういった商品を売るポイントになるの

だろう。そんなとき、うちにダイレクトメールのカタログが届いた。差出人は某仏具店である。昨年、祖母を亡くした私は、それを知って送ってきたのかと、ついつい封を切った。そしてそこにある品々を見て、びっくりしてしまったのである。

ずらっと並んでいるのは、

「何でまあ、こんな物が」

といいたくなるような品物ばかり。おまけにものすごく値段が高いのである。高さ五、六センチの純金の恵比寿、大黒セットが五十四万円。地蔵が五十一万円。高さ二・六センチの七福神の純金一セットが百三十万円。プラチナだと百七十万円。それぞれの干支《えと》の守り本尊が、私の干支の午《うま》年の場合、高さ十センチほどで、百三十八万円という値段であった。

そういうものに興味がない人のために、急須と湯飲みもある。ところが急須が純金製で百四十万円、夫婦湯呑みが百七十三万円。ワイングラスが九十五万五千円。ブランデーグラスが百十一万円。華僑か香港の大金持ちじゃなければ、買えないし使えないような物が並んでいるのだ。

私は仏具にも、守り本尊にも興味がないし、酒も飲めない。急須や湯呑みも陶器や磁器で十分だ。そんななかで、いちばん笑ったのが鍋である。金ぴかに光る鍋が二点、他を圧倒していた。ひとつは純金製のすきやき鍋。値段は一千九十二万円。そして戦国時代の武将の兜かと見間違えるような、立派な蓋《ふた》つきの純金製しゃぶしゃぶ鍋。蓋にも本体にも桐タンスの引き出しの取っ手みたいなものが、二個ずつついている。蓋を「鉢かつぎ姫」みたいにかぶりたくなってしまうその鍋は、堂々の二千七百十四万円というお値段であった。こんなものが食卓に置いてあり、おまけにかんかんと熱せられていたら、あまりにまぶしくて、目を開いていられないだろう。

「クワガタ風つの付き輪っか」「復縁リング」「磁気ベッド」、これに対抗するには、この純金製しゃぶしゃぶ鍋しかない。もちろん現品は全く買う気はないが、私は周囲の友だちに、

「ほら、こういう物があるの、知ってる？」

といってはこのカタログを見せ、

「何なの、これ」

「変すぎる」

といわれると、とってもうれしくなってくるのである。

恐怖 母のイタリア旅行

昨年、私の母親は初の海外旅行に出かけた。以前は、

「飛行機が怖いから、海外には行きたくない」

といっていたのだが、国内旅行で飛行機に乗り、あまりに快適だったので、

「次は海外に行きたい」

と騒ぎ始めたのである。

そんなとき、母親の耳に「イタリア豪華ツアー」の話がとびこんできた。スペインやイタリアに興味を持っていた彼女が、この話を逃すはずがない。事あるごとに、

「行きたーい、行きたーい」

を連発して、訴える目つきをする。

「いったい、どんなスケジュールなのか見せなさい」

というと、パンフレットを送ってきた。ミラノ、フィレンツェ、ヴェネツィアなど国

内をまわり、そこでなんとか伯爵のお城を訪問してランチをいただき、最後はニースに一泊して帰ってくるという、約二週間のツアーである。荷物を全部持ってくれて、いたれりつくせりのサービスが受けられるらしいのだが、料金がものすごく高い。でも母親は、

「体が動くうちに、行けるところはどこへでも行きたいよう」

というので、私も、

「まあ、そりゃそうだな」

と承諾したのであった。

「わーい」

母親は有頂天であった。それから出発の日まで、ほとんど毎日、準備のお買い物である。海外旅行の経験のある、親類や友だちに電話をしまくって情報を仕入れては、うちに電話をかけてくる。

「お姉ちゃん、夜はちゃんとした格好をしなきゃだめよね」

というから、

「そうねえ。パンフレットを見ると、ちゃんとしたお店ばかりだから、ハイキングに行くような格好じゃだめよ」

といったら、

「着る物がない」

と悲しそうな声を出す。

「たくさん持ってるじゃないの。このあいだも買ったばかりだし」

最近、買ってやった服の話をすると、

「あれは行くときに着るの。とにかく日数が長いし、あらたまった場所にも行くから、間に合わないと思うの。お姉ちゃんが買ってくれたのは、いいものばかりだけど、私が買ったのなんて、ろくな物がない」

といい、こちらに買わせようとしているのが、みえみえであった。とはいえ海外で肩身の狭い思いをさせてはと、私は彼女の買い物につき合うことにしたのであった。母親は、急に元気がよくなり、

「じゃ、十時に正面入り口でねー」

とお気に入りのデパートの名前をいい、電話を切った。開店早々から行くなんて、張り切ってるなあと思いつつ、指定された日、指定された場所へ向かった。

彼女は全身から、

「がっちり、買います！」

というオーラを発していた。

「何を買うの？」

「まずはトランクね」

私のトランクを使えばいいのにといったら、自分のが欲しいといって聞かない。母親はずんずんと前を歩いていき、熱心にトランクを選んでいた。

「これはデザインがよくないわね」

などとなかなか好みがうるさいのである。店員さんが親切に、たくさんの種類をみせてくれた。アトランタ・オリンピックだか何だかで、日本選手団が持っていったのと同じトランクだといわれたら、

「これがいいわ」

と彼女は目を輝かせ、それに決めた。こまごました旅行用品も揃え、

「さ、次は服だわ」

と彼女は足取りも軽く、エスカレーターに乗って、上の階へと向かっていった。

「お姉ちゃん、やっぱりイタリアだから、変な格好はできないわよね」

下手な返事をすると、自分の首を絞めることになるので、

「さあ」

とだけいっておいた。

「あら、やだ。知らんぷりなんかしちゃって」

娘の心、母知らずで、本当に元気である。好きなところに行けといったら、すぐアル

マーニヤジル・サンダーに行こうとするので、あわてて方向転換をさせ、

「ほら、ああいうブラウスは皺にならないから、旅行には便利よ」

といって、イッセイ・ミヤケのコーナーを指さした。彼女はプリーツものは嫌いなのだが、くしゃくしゃの加工がしてあるブラウスは気に入り、そこで他の物を含めて、五点、お買いあげになった。

「これで、あそこの分はよし、と」

母親なりに、どこで着るかを考えているようである。

「じゃあ、次はね、コム　デ　ギャルソンに行く」

私はおとなしくついて行くだけだ。前にここのスカートやセーターを買って、誉められたりしているのと、

「どうしてこんな形になっちゃうのか、見てるだけで楽しいわねえ」

とここの服は気に入っているのである。学校が家政科で洋裁もやっていたものだから、どうすればああいう形になるのか、ものすごく興味があるという。だから店に行くと、

「まあ、これはどうしてこうなってるの？」

「まあ、着ると、ここがぽこっと膨らむのね」

などと目についた服がどういうふうになっているか知りたがり、滞在時間が異様に長くなるのである。その日はベストをお買いあげになった。

「次はワイズ」

もちろん私は無言でついていくだけ。もう何もいうことばがないのである。

それから、カルティエをチェックし、

「そうそう、グッチもあったわね」

と顔を出す。イタリアに行くんだから、地元で買えばいいのに、いちおう見ないと気がすまないのである。

開店から閉店まで、デパートにいたのははじめてだった。

「荷物が持ちきれない」

というので、タクシーに乗せて帰したあと、私はもう心底、くたびれてしまった。

大騒ぎをした母親は、ジル・サンダーのパンツスーツに、グッチのバッグと靴を履き、新品のトランクを持って、無事、イタリアへと旅立った。ぜーんぶ、私の財布から出たものばかりである。私は内心、このまま日本へ帰ってこなければいいのにと思っていた。イタリアで男性に見初められて、あっちで再婚してくれないかと思ったのである。できれば、そのなんとか伯爵と仲良くなってくれれば、これ以上の喜びはない。

私は、伯爵のお城でランチを食べるときの彼女の服は、念入りに選んだ。日本女性であることをアピールするために、

「着物を着ていけ」

といったのであるが、洋服のほうがいいというので、シンプルなワンピースを選んだ。その服にこれも私が買わされた、ブチェラッティとかいうメーカーの、ネックレスをするのだという。

(とにかく何でもいいから、うまくひっかけてこい)

願いはそれだけであった。そうでなければ、あんなに母親に金をかけた甲斐がないではないか。私はイタリアから、

「素敵な男性と知り合ったので、ずっとここにいることにしました」

と手紙が来ることを願って、日々を過ごしていた。

手紙を楽しみにしながらも、一方では、

「何か変なことをやらかしているのではないか」

と気になって仕方がない。ビデで用を足しているのではないだろうか。小ならともかく、大だったらどうしよう。ビデ用のタオルで顔を拭いているんじゃないだろうか。シャワーブースの中で、水量をめいっぱいにしてしまい、荒れ狂うシャワーヘッドがぶんぶんと宙を舞うなか、まっぱだかであわてふためいているのではないだろうか。イタリア料理ぜめで、げっそりしているのではないだろうか。それなりに心配にもなった。しかし付き添ってくれる人もいるので、

「まあ、何とかなるだろう」

と私は母親の買い物代金を払うために、せっせと仕事をしていたのである。

帰国の日、午後に到着するというので、私は実家に電話をかけてみた。ところが戻っていい時間なのに出ない。もしかしたら、疲れて寝ているのかもしれないと思って、夜、六時にあらためて電話をすると、

「はあい」

と元気よく母親が出た。彼女は、

「成田から電話をかけたんだけど、いなかったね」

という。たまたま私が近所に買い物に出たときだった。

「午後に電話をしたんだよ」

というと、母親はあっけらかんとこういった。

「あら、そうだったの。私、駅についたら、なんだかものすごくお腹がすいちゃって。近所でラーメンと餃子を食べてたの」

「………」

二週間、イタリア料理を食べ続け、日本に帰ってきたはじめての食事が、ラーメンと餃子。それを聞いて、言葉が出なかった。私ですら、二週間のイタリア旅行から帰ってきて、まず食べたのは蕎麦だった。普通はそういうものである。それなのに、六十歳を過ぎた母親が、

「ラーメン、餃子が食べたくなった」

というのは、どういうことなのだろうか。

「あんたって、運動部の学生みたい」

こんなことでは、イタリアでもロマンティックな出会いなんかなかろうと、私は落胆して電話を切った。

そして一週間ほどして会ったとき、

「ウフィッツィ美術館にも行ったんでしょう。どんな絵を見たの」

とたずねたら、首をかしげている。他の名所旧跡に関しても同じリアクションであった。いったい何を覚えていたかというと、レストランの料理の量と味と、同行した人々のなかに、お洒落な女性がいたということだけであった。

「私よりも二歳くらい若いんだけど、とっても素敵な人なの。私もまだまだお洒落に気をつかわなくちゃいけないと思ったわ」

あんなに大騒ぎをして出かけた大名旅行だったのに、その感想はこれだけ。これでは私の金をドブに捨てたようなものではないか。傷心の私にはかまわず、彼女は、

「ニースのルイ・ヴィトンに一人で行って、小旅行用のバッグを買ってきたのよ。片言の英語でも、何とか通じるね。はっはっはっ」

といっていばった。それを聞いた私は、

「あー、そりゃ、よかったねえ」

と、がっくりと首を垂れるしかなかったのだった。

夏に太り、冬に太る

毎年、秋になると私は呆然とする。辛《つら》い時期を乗り越え、

「ああ、やっと……」

と放心状態になるのである。年々、夏の暑さがこたえるようになった。

「年々、体が弱っていくわ」

としみじみと感じたりする。空をあおぐと太陽がまぶしい。クーラーが嫌いなので、だらだらと汗を流すのであるが、どうしても耐えられず、ちょこっとクーラーの風にあたると、あとで喉が痛くなったりして、体調が悪くなる。おまけに今年は皮膚アレルギーが出てきて、合成繊維のものを着ているとものすごくかゆくなるし、虫よけスプレーをつけると、あとに赤いぶつぶつができる。しかし、病気になるわけではなく、一日三食、きちんと食べるので、夏バテを自覚することもない。

「それなら、いいじゃない」

という人もいる。彼女は夏バテで食欲もなく、冷たい物ばかり食べて、それでまた食欲をなくしてお腹をこわす、という悪循環で、本当に困ったという。

「三食、ちゃんと食べるなんて、信じられないわ」

「だって、お腹がすくんだもん」

年齢は同じだが、体調は人それぞれである。寝るときにがんがんにクーラーをかけても、朝、起きたときにけろっとしている、私からみれば信じられない人もいる。冬場は寒いといって震えている人が、夏場になると陽に焼けてとても元気がよくなったりする。夏場に元気な人は、見ていてとても楽しいのであるが、私自身はそうはいかない。冬生まれということもあるのかもしれないが、本当に夏が辛くなってきたのだ。

今年の暑い日の午後、帽子をかぶってサングラスをかけ、

「あーあ」

とつぶやきながら家まで歩いていると、日傘をさしたおばあさん二人が並んで歩いていた。そのうちの年上らしきおばあさんが、

「このごろ暑くて暑くて、たまらないの。あまりに辛いから、そろそろお迎えがくるんじゃないかと思って……」

とちょっと悲しそうにいっている。そういわれたほうのおばあさんは、

「あら、私だって暑いわよ。娘だって孫だって『暑い』っていっているし。暑いのはナ

カムラさんだけじゃないわ」

とこたえた。するとお迎えがくるのではと心配していたナカムラさんは、

「あら、そうだったの。みんな暑いの。私だけじゃないのね」

と明るい顔になった。

ナカムラさんだけではなく、あまりに暑いと、

「もしかして、自分だけがこんなに暑いのでは」

と思いたくなる。どこか具合が悪いのではないかと疑うのも当然だと思う。

ところが、こんなに辛い時期を過ごしたというのに、夏場に体重が増える。これが頭にくるのである。暑いさなかに物を食べないと体力がつかないから、きちんと食べる。もちろんそんな理屈よりも、お腹が減るから食べているのであるが、暴食をするわけでもない。それなのに体重が見事に増える。私には「夏やせ」という言葉はないのだ。

「なぜだ」

以前はそうではなかった。夏場は少しやせて、冬は太る。それでプラスマイナス、ゼロになっていた。しかし今は夏場に太り、冬場も太る。気を許すと年がら年中太ることになっているのだ。

体脂肪率を計る体重計を買ってから、太る原因は何であるかがわかった。とにかく運動不足なのである。夏場に太るというのも、日課である散歩を怠りがちになるので、き

っとそのせいだ。

「この暑いさなかに、どうやって運動をしろというのだ」

そこでプールにせっせと通うとか、ジョギングをするとか、そういうことは絶対にできない。やろうとすれば、早朝に散歩をすることもできる。陽が落ちてから歩くことも可能だ。しかし私は暑さにやられてしまって、ただだらだらしているだけ。ただ日々が楽に過ぎるようにと、思うばかりである。

どうやって問題の体脂肪率が出るかというと、事前に体重計に、自分の身長をインプットしておく。そして体重計に乗ると、まずは体重が表示される。そしてそれが消えると、0が五個、横並びに表示される。それが、ひとつ、ふたつと消えていき、さいごに、どどーんと恐怖の体脂肪率が表示されることになるのだ。このカウントダウンの瞬間ほど、どきどきするものはない。

「増えてるかな、減ってるかしら」

といろいろな思いが脳裏をかけめぐるのであるが、だいたいにおいて、

「どっひゃー」

となることが多い。運動不足はてきめんに、体脂肪率に表れる。一日によってもその数字は変動するのだが、私が決めているのは、

「とにかく肥満のラインは越えない」

ということだけである。

一番最初に体重計に乗ったとき、肥満のぎりぎりラインにいたことがわかり、私は必死になってダンベル体操をした。ビデオを買ってきて、寝る前に一生懸命にやった。その結果、体脂肪率は三〇パーセントから二一パーセントまで減り、なんとか普通のラインに入った。やれやれとほっとしたとたん、私はダンベル体操をする気をなくし、ほったらかしにしておいた。そしてふと気がつくと、またまた、やばいラインに突入していた。五か月だけ必死にやり、十二か月、何もしないし日課の散歩もしなくなったため、そのつけがてきめんに表れたのである。

そうはいっても、若い頃と違うから、サイズの小さい服を着たいがために、やせたいとは思っていない。中年になって脂肪が過剰につくのは、病気の原因になるから、それを避けたいだけなのだ。ダンベル体操をやっていたときは、体が締まっていくのがわかった。まず二の腕、お腹、太股が締まってきた。そこにたっぷりと脂肪がついていたのだろう。いちばんやせていたときは、

「こんなに私の腕って細かったのかしら」

と我ながらびっくりしたくらいだ。これでダンベル体操を日課にしたら、そのときの体型が維持できたのに、

「ああ、よかった」

とほっとして、元の生活に戻る。そして、また太くなってきた腕や脚を見ては、

「いつの間に、戻ってきたんだ」

と「のぞみ」よりも速く戻ってきた脂肪に、悲しく語りかけたりした。

誰でも年をとると体が丸くなってくる。特に女性は年をとって、やせすぎているよりは、太っているほうが好ましく思える。だからといって、それに甘えていると、私のような根性なしは、とんでもないことになってしまうので、とにかく自制するしかないのだ。

今の若い女性はとてもやせている。プロポーションもいい。私は典型的な胴長短軀で、若い女性がたくさん歩いているような場所に行くと、彼女たちとは世代が違うんだなあと痛感する。あの骨格の違い、脚の長さの違い、日本人とは別の生き物のようだ。みんな身ぎれいだし、さぞかし努力しているのだろう。

「それはそうです。みんな化粧品を山のように持ってるし、流行の服だってバッグだって靴だって、すぐ買ってます。身につけるものと、それを着る体が命なんじゃないですかね」

若い女性に関して、情報通の年下の友だちはそういった。寄せて上げるブラジャーとか、お尻が上がるガードルとかが売れるのも当然だろう。私も寄せて上げるのは買ったことがある。ところがあれは、正直者にはとても辛い。パッドが入っていて、たしかに

胸は大きくは見えるのだが、しょせんそれは嘘である。だから歩いていても、誰が私の胸に目をとめるわけでもないのだが、どうも世間に嘘をついているような気がしてならない。

「すみません。実はこんな上にはないんです」

とあやまりたくなる。だからおのずと猫背になってしまい、逆効果になる。ガードルに至っては、矯正効果はあまりないソフトタイプを買ったのに、

「何でこんな物を穿《は》いて、生活ができるのだ」

と穿いたとたんにすぐ脱いでしまった。こんな物で尻を上げて見せるくらいなら、垂れたままでいいと思った。若い女性たちのように、小細工をして、

「ほーら、どうだ」

と胸や尻を突きだしては歩けないのである。

「でも、ああいう子たちは、夏場はよく駅で倒れてましたよ」

と情報通はいった。彼女は会社まで二度乗り換えるのであるが、一番多いときは、五人、倒れた現場を目撃したといっていた。

「格好はいいんですけどね、体力はないんですよ。外見にお金をつかい果たして、食生活なんかひどいですからね」

一日二食なんて、彼女たちには普通のことらしい。

「三食なんて食べたら、太っちゃう」

と嫌がるんだそうである。おまけに昼食がケーキとコーラで、晩御飯がファストフードのハンバーガーだったりして、生活の基本がいったい何なのかよくわからない。そして太るのが嫌なので、信じられないくらいの絶食、小食ダイエットを平気でやっているというのだ。

「全く、何を考えているんだか」

と口ではいいながら、私もすっぱりと割り切ってはいない。見かけなんかもういい。毎日を元気で過ごせたら、それでいいといいながら、実はそうではない。体脂肪だって、普通の範囲に入っていればそれでよしとしているのに、たるんだ二の腕をつまんでは、ため息をつく。どうもいまひとつ、踏ん切りが悪い。これが我ながら、嫌なところである。

「新しい情報が入りましたっ」

事情通によると、若い女性たちのなかで、理想のプロポーションになるために、イメージトレーニングが大切だということで、テレビの上に、リカちゃん人形を置いている人がいるという。テレビは必ず見るので、いつもリカちゃんを目にふれるようにしておけば、潜在意識の中にリカちゃんのプロポーションがイメージづけられ、やせられるというのである。

「ふーん」

私はそういって、家に戻り、自分の家のテレビの上に目をやった。そこにあるのは、大小のドラえもんの人形が六体。片手を上げているのやら、シンバルを手にして笑っているのやら、腹鼓を打っているのやら、めちゃくちゃ愛嬌はあるが、ころころした二等身。ということは、私の潜在意識の中には、ずっとこのドラえもんがインプットされていたということか。私はため息をついた。

食欲の秋、何を食べてもおいしい。私はテレビの上はなるべく見ないようにしながら、毎日、ぱくぱくと御飯を食べているのである。

幸福の青い鳥

建設中の我が家のめどもつき、引っ越しを待つばかりとなっているが、我が家の暴れん坊将軍の母親は、最近はとてもおとなしい。あれも欲しい、これも欲しいといわなくなり、私としてはすこぶる平穏な毎日を送っている。そしてこれに関しては、ある生き物が多大な影響を及ぼしているのである。

今年の五月、午後から打ち合わせがあった私は、昼前に仕事場に立ち寄り、その後、都心の書店に寄ってから、待ち合わせ場所に行こうと思っていた。ファクスをチェックし、仕事場のマンションの外に出ようと、一歩、足を踏み出すと、目の前の道路上で動く小さな物がいる。あれっと思い、もう一度よーく見ると、それは灰色の小さな小さな鳥の雛《ひな》であった。

「あら、どうしちゃったのかしら」

空を見上げると、雀やカラスがうるさく騒いでいる。付近の木を見ても巣らしき物は見えない。

「どうしちゃったの？」

手を出すと、ちょこちょこっと逃げる。

「困っちゃったわねえ」

もう一度あたりを見渡したが、親らしき鳥の姿も見えないし、とにかく道路には自転車や車がひんぱんに通り、危ないことこのうえないのである。

もう一度、雛に手を出し、両手でそっとすくい上げると、手の平の上でおとなしくしている。まだところどころに産毛がついていて、それがちょうど頭の横にふたつ、ちょこんとくっついているので、まるでアラーキーのヘアスタイルみたいだ。私はすぐ仕事場に戻り、雛にミネラル・ウォーターを飲ませた。小指を水にひたして、爪の先からしずくを落としてやると、おいしそうに飲んだ。そしてあわてて駅前の犬猫病院まで小走りに走った。雛は安心したのか、まだ私の小指に残っていたしずくも、くちばしを動かしておいしそうに飲み、手の上でうとうとしながら目をつぶっている。病院に行く間も気になって雛を見ていると、ふっと目をあけ、私の顔を見上げて口を開けたりする。

「ああ、もう、こんな小さいのが死んじゃったらどうしよう」

汗まみれになって、やっと病院についた。

「こんにちは、どうなさいましたか」

にこやかに微笑む看護婦さんの前で、私は手の平の雛を見せ、

「あの、あの、その、さっき家の前の道路で、拾ったんですけど」

と説明した。彼女は雛を見て、

「ああ、雀かもしれませんね」

といい、二時間おきにニョロニョロの生き餌と、すり餌をやらなければならないこと、夜もヒーターを使って温めてやったほうがいいことを丁寧に説明してくれた。

「二時間おきですか……」

たしかに私は通勤するわけではなく家で仕事をしている。しかしタイミングが悪く、その時期には、ほぼ毎日、打ち合わせの予定が入っていた。まさかそこへ、雛とニョロニョロを持って行って、

「すみません」

といいながら、餌をやるわけにはいかない。かといって、置き去りにもできない。

「これから人と会う約束があって、どうしても行かなくてはいけないのです。夕方には来られると思うのですが」

すると彼女は院長先生にたずねて、

「わかりました。それでは今日はこちらでお預かりしますが、病院は午後七時までなので、それまでに必ず来て下さい。必ず来て下さいね」

という。看護婦さんが何度も念を押したところを見ると、そのまま動物を置いていってしまう人が多いのだろう。

「よろしくお願いします」

私は彼女に雛を渡し、外に出た。

打ち合わせが終わって、私は電話局で電話帳を調べ、雛が食べる「ミルワーム」というニョロニョロを扱っている店を探した。そして帰りに寄り道をして、ニョロニョロとすり餌を買った。雛を入れる平たい巣ととりあえず飼育かごも買ってきた。そしてそれを抱えて、夕方、病院に引き取りに行ったのである。

「どうもご苦労さまです」

看護婦さんはほっとした顔をした。

「どうでしょうか」

心配になって聞くと、看護婦さんが奥の部屋に招きいれてくれた。先生たちにも、

「どうもご苦労さまです」

といわれてしまい、恐縮した。雛は保温器に入れられて、気持ちよさそうに舟をこいでいた。

「この子、よく食べました。これだったら育つかもしれませんね。ついこの間も、雛を拾った人がいたんですけれど、その雛はどうやっても口を開かなかったので、死んじゃ

ったんですよ」

看護婦さんはすり餌には水分が含まれているので、それもやったほうがいいこと、文鳥の雛と同じように、餌袋をチェックして餌をやるようにと教えてくれた。

「きっと飛ぶ練習をしていて、巣から落ちたと思うんです。意外と跳躍力がありますから、気をつけて下さい。それと無事に育ったら、拾ったところに放してやるのがいちばんいいんですけどね」

病院のほうでも親切に、「ミルワーム」とすり餌を買って準備しておいてくれた。

「ありがとうございました」

領収書には「入院費」と書いてあった。病院を出るとき、先生や看護婦さんに、

「がんばって下さいね」

と励まされ、私は、

「はあ、どうも、お世話になりました」

とお辞儀をして、雛を家に連れて帰った。

雛はほっとしたのか、巣につかまって眠っている。

「どうしようかねえ」

私はかわいい顔でうつらうつらしている雛を見ながらつぶやいた。ぽよぽよしていて、まだまだあぶなっかしい。明日の夜も仕事がらみの食事の約束がある。とってもかわいい

い雛だが、思い通りに面倒を見てやれなかったら、この雛がかわいそうだ。

「よしっ」

私は母親に電話をした。しかしこういうときに限って、長電話をしている。

「本当に役に立たない奴だなあ」

いらだちながら、何度も電話をしてやっとつながった。そこで私は、今日、雛を拾ったこと、二時間おきに面倒を見なければならないので、私が育てるのは無理だといい、

「飼って！」

と母親に命令した。あれだけのわがままを許しているのだから、それくらいのことをして、娘の役に立つのは当然であろう。母親は、

「あーら、いいわよ。鳥の雛なんて、育てるのは何十年ぶりかしら」

とはしゃいでいる。そして中間点の駅で待ち合わせ、雛を引き渡すことにしたのである。

駅で私の姿を見るなり、彼女は、

「ちょっと見せて」

とかごの中をのぞきこんだ。ふっと見上げた雛と目が合った母親は、

「んまあ、かわいいっ」

といい、にこにこして雛を連れて帰っていった。私はやれやれと胸をなで下ろし、家

に帰ったのであった。

それから三日後、母親から電話があった。

「あのねえ、チビタンのことだけどね、もう手乗りになってるよ」

「はあ？」

彼女は家に連れていった日から、夜中も二時間おきに起きて、雛に餌をやっていた。最初はミルワームをピンセットでやろうとしたのだが、金属の感触を嫌がっているようなので、割り箸を細く削って、それで挟んで口の中に入れてやると食べるようになった。すり餌の道具も割り箸を削った手作りだという。

「今日、はじめて買い物に行って帰ってみたらね、がっくりと肩を落としてるの。だから『チビタン、帰ってきたよ』って声をかけたら、ばたばたって羽ばたいて、私のそばから離れないの」

という。膝の上に乗せていると、ずんずんと体をよじのぼってきて、そして肩の上に乗り、ほっぺたのところに、そっと体を寄せているのだという。

「かわいいよお。見ていると飽きないわ」

母親の声ははずんでいた。

それから母親からかかってくる電話は、全部、チビタンの話題だけである。彼女が家にいるときは、室内に放しているので、チビタンはやりたい放題させてもらっているようだった。すり餌をやめ、普通の鳥が食べるような粒状の餌を買ってきてやると、一生懸命ついばもうとする。しかしうまくいかない。すると地団駄を踏んで悔しがり、そこいらにあるものに、八つ当たりする。それを母親は、

「チビタン、がんばって」

といいながら、ずっとそばで見ているというのである。

「最近はね、会話が成り立つようになったのよ」

母親はあぶないこともいった。買い物に行くときに、

「お母さんは買い物に行ってくるから、おとなしくお留守番しているんですよ」

というと首をかしげたあと、

「チチッ」

と鳴く。これは了解のしるしだという。そして、手乗り文鳥やインコ、ジュウシマツなどに比べると、喜怒哀楽が激しい。悲しいときは本当にがっくりと肩を落とし、うれしいときは羽をばたばたさせて声を上げて大喜びする。まずい餌を買ってきたときの、チビタンの怒りはすさまじいものがあるという。それがまたとても、かわいいらしいのである。

母親を親だと思っているので、姿がちょっとでも見えなくなると、大騒ぎをして鳴いて探し回る。母親が姿をあらわすと、ぱっと飛んできて、肩にとまったり頭にとまった

りして、片時も離れない。遊びにきた母親の友だちが、

「かわいいわねえ」

と誉めてくれれば、

「誉められた」

といってうちに電話をかけてくる。チビタンは孫のようである。旅行にも行きたいと
はいわなくなった。

「だって、チビタンがいるから、家を空けられないもん」

という。

「ねー、チビタン」

と声をかけると、「チチッ」という返事が受話器から聞こえてくる。そして、

「チビタンだけがいればいいわ。他には何もいらない」

というではないか。

（しめたーっ）

電話口で思わず叫びそうになった。子供のころ、メーテルリンクの「青い鳥」を読んで、そんなことはあるのかしらと思っていた。私の苦労を見た神様が、目の前に雛を落としてくれた。幸福の「青い鳥」は本当にいるということを、私はこの年になってやっとわかったのであった。

フェロモンと狼

先日、夜遅く帰ってきたら、近所に住んでいる友だちと、路上で出くわした。

「今、帰ってきたの？」

といおうとしたら、彼女は興奮した様子で、

「あの、その、そこで、あの」

といいながら歩いてきた道を指さしている。最近、このあたりは空き巣や放火の未遂事件があったりして、物騒なのである。

「いや、そういったまずいことじゃないんだけど……」

彼女はそこで一息ついた。そして、

「あそこに止めてある車の中で、おじさんとおばさんがキスしてた」

といい放ったのである。

「えっ」

私は思わずつま先だって、きょろきょろと見渡してみたが、車はもうなかった。

「駅から歩いて帰ってきたら、車が止まってて、車内のライトがついてたのよ。暗いから明るいところに目がいくじゃない。そうしたら、してたのよ」

彼女は声をひそめた。

「いくつくらいの人？」

「二人とも五十歳くらいだった」

「…………」

若い子たちが、いちゃついたりするのは見慣れているが、おじさんとおばさんのラブシーンというのは、なかなか見られるものではない。

「女の人は、あそこの家の独身の一人娘よ」

「彼氏に車で送ってもらったんだ」

「ああいうことをするのは、深いつきあいっていうことよね」

「まあ、ただの同僚だったら、しないわねえ」

「ということは、不倫なのかな」

「さあねえ。でも、本当に普通すぎるくらい、普通の人たちなのよ」

貴重な場面を目撃して、彼女は興奮しているようであった。

「そういうのってなかなか見られないわよ。運がいいわあ」

彼女がうらやましくなった。きっと私も同じ光景に出くわしたら、興奮してみんなにしゃべりまくるに違いない。

恋愛は若い人だけのものではないということは十分わかっているが、自分たちよりも年上とおぼしき男女が、そういうことをしていたというのは、何だかとても不思議に思えた。もちろん夫婦間では、回数は減れども、いろいろとあるのだろうとは想像するが、具体的にどういうことなのかというのは、自分が恋愛とはほど遠い生活をしているせいか、ぴんとこない。だから、おじさんとおばさんがキスしていたと聞くと、まるで珍しい見せ物がやってきたかのように、何をさておいても、見に行きたくなってしまうのである。

この話を年上の男性と若い女性と、昼食を食べながらしていると、

「なんですか、それは。普通のおやじだったんですかあ」

と彼の声のトーンが上がった。

「そうらしいですよ。五十歳くらいの」

「僕と同じくらいじゃないですか。許せんなあ」

心底、彼は嫌そうな顔をした。

「でも、相手もおばさんですよ」

と私がいうと、

「相手はどうでもいいんです。とにかくそういうことをしているのが憎たらしい」

と顔をしかめる。

「世の中って、そんなもんなんですよ」

若い女性が淡々としていった。

「いや、それで片づけられては困る。役所広司が黒木瞳と不倫をしていても、あの顔では仕方がないなと納得できるけど、僕と同じような普通のおやじがそういうことをしているのは、納得できません！」

彼はこの話題に異様に執着を持ち、まずは結婚とは何かというところから、語り始めたのである。

「だいたい男が結婚するときというのは、落ちつきたいということと、それにまあ、性的なことも影響してますねえ」

彼は二十七歳のときに結婚をして、子供も生まれ、幸せな家庭を築いている。傍目から見たら、何の問題もなさそうである。

「女性の場合は、たとえばですね、その、春情がですね、結婚のきっかけのひとつになることはないですよね」

私に聞かれても困るが、周囲の友人を見ていると、そうではなさそうなので、

「そういうことよりも、やはり経済的なことが重要になるんじゃないでしょうかね。子

供が欲しいという人は、たくさんいるでしょうけど、そういうことがメインではないんじゃないですか」

とこたえておいた。

「そうですよね」

彼はナイフとフォークを置いた。

「それなのに！」

突然、彼は大声を出した。びっくりして見ていると、

「それなのに、なぜ、不倫をする人妻が多いんでしょうか！」

と私の顔をのぞきこむ。

「し、知りませんよ、そんなこと。結婚もしてないのに」

私にわかるわけなどないのである。

「そりゃ、そうですね」

彼はまたフォークを手に取り、

「群さんは、どうして結婚できないんでしょうねえ」

とまた聞いた。難問の連続である。すると今までにこにこして話を聞いていた若い女性が、

「たしか、狼とかいわれてましたよね」

という。そうなのである。私は友だちから「羊の皮をかぶった狼」と名付けられ、それが縁遠いいちばんの理由であるといわれているのである。

まだ私が二十代のころ、つきあってもいない男性から、僕たちは結婚するんだというようなことを一方的にいわれたことがあった。彼は私よりもずいぶん年上の、おとなしい人であった。よくよく話を聞いてみると、彼は勝手に想像をたくましくして、自分の望んでいる家庭の姿を描いていた。どういうわけだか、私がおとなしく家庭に入り、専業主婦になるタイプだと、信じて疑わないのである。

「そんなつもりはありません」

というと、目を丸くしてびっくりしている。自分が一人で生活できる目途がつくまで、結婚する気はないし、専業主婦なんてとんでもないというと、彼は、

「それは間違っている」

と説教しはじめたのである。外見は気にいってくれたのかもしれないが、肝心な内面のほうを全然、理解していなかった。おまけに勘違いしていたくせに、こっちが悪いという。あまりの身勝手さに私は頭にきて、

「何をいってんだ。この、すっとこどっこい」

というような言葉をいい放った。すると彼は後ろに飛び退《の》き、目に涙を浮かべて泣いた。

「ふんっ」

私はぷんぷん怒りながら、後も見ずにその場を立ち去り、もちろん、二人の間にはその後も何も起こらなかった。私は男性に泣かされたことはないが、泣かしたことはあるのだ。

「その人、びっくりしたでしょうね」

若い女性はしみじみといった。

「群さんて、そんなこといいそうに見えないですものね」

「それが狼が羊の皮をかぶっているということですよ」

私は素直に自分の性格を認めた。

「で、ですね、さっきの人妻の不倫の話ですけどね」

彼はどうもそっちの話題が気になって仕方がないらしい。

「普通のおじさんなのに、もてる奴っているんですよねえ。あれってどういうわけなんですかねえ」

彼は相当悔しそうである。

「女の人でも、美人じゃないのに、もてる人っているでしょ。俗にいうフェロモンが発散しているんじゃないですか」

そういうと、彼は、

「どういう男にフェロモンが出てると思いますか」

と目を輝かせる。私は、会ったことはないけれど、藤井フミヤは身長も高くなさそうだし、ハンサムというわけではないけれど、フェロモンを放出しているのではないかと話した。

「ほほー、藤井フミヤねえ。たしかにそうですねえ」

彼はうなずいた。そして運ばれてきたパスタをひと口、二口食べたあと、目を大きく見開きながら、

「あの、フェロモンは一生懸命に努力すれば、僕もこれからでも出る可能性はあるんでしょうか」

と聞いてくるではないか。フェロモンというのは男女を問わず、生まれつき持っているものだと思う。色っぽい人は子供のころから色っぽい。努力してもフェロモンは作れないと思っているので、即座に、

「それは無理ですね！」

といい放った。

「そうですか……」

彼がうつむいた。肩を落としてちょっと落胆したようであった。すると若い女性が、

「ほら、そういうふうないい方をして、一刀両断にするから、狼なんていわれるんです

よ」

　とげらげら笑った。

「そういうときは、『そうですね。がんばれば、出てくるんじゃないですか』っていうものなんです」

　若者に諌《いさ》められてしまった。しゅんとしている彼を横目で見ながら、

「だって……。無理なものは無理だもん。変に期待をさせるほうがよくないと思って」

　というと、ますます彼は肩を落とし、

「もう、いいです」

　と小声でいって、もくもくと残りのパスタを口に運んでいた。

　若者だけではなく、おじさん、おばさんの中にも恋愛に興味がある人はいる。中年の男性と若い女性は不倫の定番であるが、そうなると中年のおばさんの恋愛はいったいどうなっているのか。若い男性をつかまえるのも難しいとなると、あとは同年輩かおじいさんしかいないではないか。若い頃から恋愛エネルギーが低かった私は、中年になってますますそのエネルギーは低下して、休火山から死火山状態になっている。性格は狼なのに。人様に対して、見苦しくないようにしたいとは思うが、どうすればフェロモンが出るかなんて、考えたこともない。

　それを考えると、夜、車の中でキスをしていたおばさんとおじさんは、なかなか立派

である。まだまだ活火山としてのエネルギーを持っている。見上げたものだ。私にはとうてい真似できない。

そんなことがあってから、羊の皮をかぶった狼は、夜、家に帰るのが遅くなると、

「またあの二人が、いろいろとやらかしていないかしら」

と、獲物がいないかと期待して、つい暗闇の中できょろきょろしてしまうのである。

嘘つきの真実

物書きは基本的には多かれ少なかれ、嘘つきだと思う。大嘘をつける人はすごいけれど、私の場合は小さい嘘しかつけない。また本当のことをいっているのに、

「嘘でしょう」

と信じてもらえなかったりする。高級車の後部座席にある肘掛けを、クッションと間違えて座ってしまったとか、洋式トイレの便座が上がっているのに気づかずに、すっぽりはまってしまったとか、自分の身に起こった出来事を話すと、

「それ、今、作ったでしょう」

と疑われるのだ。妙なことが起こったり、変な人を見かけたりした、真実を話すと信じてもらえず、面白くしようとちょっとだけ尾ひれをつけた話は信じてもらえたりする。私の場合、嘘でも本当でも、人に受けると喜んでしまうのだが、本当にあった面白い話を、

「嘘だ」

といわれると、とてもショックを受けてしまう。

「お願い、本当なの。信じて……」

とついついすがってしまうのである。

私がこれまでについた嘘のなかで、いちばん大嘘だったのは、小学校の低学年のときについた、

「うちのお父さんはフランス人」

だった。家にはまぎれもなく黒い髪で、味噌汁を飲んでいる父親がいるというのに、同じクラスの子にそういいはなったのだ。それも、

「何、いってんのよ。そんなわけないじゃん」

といい返されそうな、ぱきぱきとしたタイプは避け、どちらかというとぼーっとしていて、すぐ人のいうことを信用してしまう、人のいい子を狙った。しかしどんなに人のいい子でも、どう見てもフランス人の血がまじっているとは思えない、目が細く、おかっぱで平たい顔をした子にそういわれても、すぐには信じるわけにいかないのは当然であった。

「でも……」

その子はじーっと私の顔をみて、首をかしげた。

「あのね」

私は彼女の肩を抱き、

「誰にもいっちゃいけないよ」

と耳元でささやいた。彼女は目を丸くして、

「うん、いわない。いわないよ」

といった。そこで私は、誰にも話していない秘密を彼女に話した。

「私はね、もらわれてきたの。家にいるのは、本当のお父さんとお母さんじゃないんだよ」

そういうと彼女は、

「えっ」

とびっくりして目を丸くした。

「本当のお父さんはフランス人でパイロットなの。お母さんはデザイナーなんだけど、私のことを今の家に預けたの。大人になったら迎えにきてくれるらしいよ」

「へえ」

彼女はびっくりしていた。しかしそのあと、

「でも弟と顔がそっくりだよね」

といった。

私は心の中で、

（ちっ、あいつのおかげで……）

と舌打ちをした。

私がフランス人と日本人のハーフであるというとき、いちばん邪魔になるのが、弟の存在であった。私のことは無理に納得させても、弟のことを聞かれると、私はウッと言葉につまった。

「似てるかな」

なるべく平静を装ったが、

「うん」

といわれると、どうしようかと汗が出てきた。

「似てるけど、本当の弟じゃないんだよ。きっと同じ家にいるから、顔が似たんだよ」

などとわけのわからない理屈で彼女をいいくるめ、フランス人と日本人のハーフになりきろうとしたのである。

彼女は、親はどこに住んでいるのか、連絡はあるのかと、質問をあびせる。そのたびに、隣町のお屋敷町の住所をいい、クリスマスにはプレゼントを届けてくれるのだと話した。

「今度、そのクリスマスのプレゼントを見せてね」

彼女は目を輝かせた。

「わかった、あなただけに見せてあげる」

そうはいったものの、変な物は見せられない。私は両親にクリスマスのプレゼントは何をくれるのかと何度も聞いた。彼らが不審に思うのは当然である。

「いったい何をしたの」

と問い詰められ、私のしたことを白状すると、父親は腹を抱えて大笑いし、母親は目をつり上げて怒った。そして嘘をついた彼女に、ちゃんとあやまるようにといわれたが、私は黙っていた。いったいどうなるかと気になっていたが、彼女は私との約束などころっと忘れたらしく、クリスマスが過ぎても、プレゼントのことなどひとこともいわず、私のフランス人と日本人のハーフの話は、幸いにも自然消滅したのである。

子供のときは平気で嘘をつく。嘘をついているうちに、それが本当か嘘かわからなくなってくるときもある。そんな話を知り合いの女性と話していたら、

「子供はそういうことがありますけど、大人になってとんでもない嘘をつく奴がいるんです。それも全然、つく必要がない嘘なんですよ」

と顔をしかめた。

その彼は彼女の会社の同僚で、優秀な成績で合格したという。入社したてのころ、たまたま夕食を食べに入った会社の近くの店で、彼がカウンターに座っていた。彼女も一

人だったので隣に座って、食事をしながら雑談をしていた。そのうちに家族の話になると、彼はふっと顔をくもらせて、

「おれ、親も兄弟もいないんだ」

とつぶやいた。驚いた彼女がおそるおそる理由を聞くと、

「おれが大学生のときに、両親と弟が乗った車が事故を起こして、みんな亡くなったんだよ。一瞬で一人になっちゃった」

という。それを聞いた彼女は、ひどく心を痛め、

（なんてつらい経験をした、気の毒な人なんだろう）

と同情し、

「ごめんね、嫌なこと思い出させて」

とあやまり、彼の晩御飯代も出してあげたのだった。

彼は有能な社員であったが、忙しい毎日が続き、徹夜になったりすると爆発する性格だった。何をするかというと、おもむろにズボンとトランクスを下ろし、コピーをとっていたり、一生懸命ワープロを打っている女性社員にしのびより、

「うおーっ」

と叫びながら、背後から襲うというのである。

「私も何度かやられました。タックルされて床に転がされるんですよ。びっくりして後

ろを見ると、パンツまで脱いで丸出しにしているから、『ぎゃーっ』って叫んで、手足をばたばたさせて、逃げるんです」

「そのあと、どうなるの？」

「何にもなかったみたいに、パンツを上げて、仕事に戻ってますけど」

「……」

最初はみんなびっくりしたが、このごろでは慣れてしまって、

「また、はじまった」

と社員は知らんぷりをしているという。最近では女性社員が、

「そろそろあぶない」

と察するようになり、女性は相手にできなくなったので、男性社員を狙って背後からタックルしているという。そのときもパンツは下ろしている。そんな彼の姿を見ても、被害を受けても、彼女は、

「かわいそうな境遇の人だから、しょうがないわ」

と温かい目で眺めていたのである。

つい最近、同僚何人かと食事をしていて、その席にいなかった彼の話題になった。彼女が、

「気の毒よね、事故でご両親も弟も一度に亡くしてしまうなんて。そんなドラマみたい

なことが本当にあるのかと思ったわ」

　というと、みんなびっくりした顔をして、

「えっ、何それ。この間、弟の結婚式があって、あいつ、実家に帰ったはずだぞ。間違いない」

　というではないか。彼女はびっくり仰天して、十年前、入社したてのころに、彼から聞いた話をした。するとみんなはげらげら笑いながら、

「そんなの嘘だよ。親は田舎でぴんぴんしてるぞ」

　といい、そのあと、

「あーあ、騙されちゃったんだ」

　とうなずいた。

　彼女はひどくショックを受けた。これまで彼が何をやっても、両親と弟を同時に亡くしたという境遇を考え、

「辛いのだろう、淋しいのだろう」

　と思いやっていたのに、それが嘘だったとは。

「どうしてそんな、ついても何の意味もない嘘をつくのよ」

　彼女はそれから酒をぐいぐいのんで暴れた。

「あいつはそういう奴なんだよ。どうでもいいようなことを嘘つくんだ。仕事に関係す

る嘘はつかないから、それだけはましだけどな」

同僚はしょげたり怒ったりする彼女の面倒をみながら、

「騙す奴より騙されるほうが、どんなに人間的に好かれるか、わかるだろ」

と慰めてくれたのだった。

もちろん、彼女の彼を見る目は変わった。同情もしない、口もきかない。完全に無視である。その彼に恋人ができたという噂が流れた。同僚にどんなタイプかと聞かれた彼は、

「それがなあ、サッカーの前園真聖《まえぞのまさきよ》にそっくりなんだよ」

とつぶやいた。嘘つきのことだから、

「きっとものすごい美人なんだぜ。それならそうと、はっきりいえばいいのに。彼女のことまで嘘をつくなんてなあ」

とみんなで話していた。

それから半月ほどして、会社の出口で、彼と彼女らしき女性が待ち合わせて立ち去るのを、夕食を食べに外に出てきた数人の同僚が目撃した。興味津々で女性を見ると、ロングヘアでハイヒールを履き、今風の格好をした彼女の顔は、彼がいったとおり、前園選手にそっくりだったのである。同僚たちは、

「あいつでも真実をいうことがあった」

とびっくりし、

「それも、つかなくてもいいことに嘘をついて、いちばん嘘をつかなきゃならないときに嘘をつかない」

と首をひねったという。それ以来、彼は会社の七不思議のうちの一つに数えられ、次はどんなわけのわからない嘘をつくかを、同僚たちに楽しみにされているそうである。

チーマーVSおやじ

先日、ある大手の会社の男性と話をする機会があった。彼は二十代の後半で、毎年後輩が入社してくる。

「今度入ってきた新人は使えない」

などという話を聞いたりするものの、彼の部署に配属される後輩は、みんないい性格の若者ばかりで、

「細かく文句をいわなくていいので、本当に楽をさせてもらってるんです」

という。その後輩のなかに、特に性格もよく、頭の回転もいい青年がいる。言葉遣いもきちんとしていて、取引先からも上司からも評判がいい。ところが彼はチーマーだったのである。彼から、

「おれ、チーマーだったんです」

と告白されても、最初は信じられず、

「証拠はあるのか」

と聞いたら、翌日、写真を持ってきた。そこには茶色に染めた長髪で、真っ白のぼたっとしたパンツをはき、裸の上半身に革ジャンをひっかけている彼の姿が写っている。こちらを上目づかいににらみつけている顔を見て、

「こ、これは……」

と彼はびびってしまったというのだ。

「ねっ、本当だったでしょ」

元チーマーはにこにこ笑っている。

「本当だったでしょっていったって。これ、ばりばりじゃないか」

と驚いていると、

「そりゃそうですよ」

と彼は胸を張った。

「どんな悪いことをしてたんだ。誰にもいわないから教えて」

すると彼は、

「おれはそんなにまずいことはしなかったですよ。ただみんなと一緒にいただけで。まあたまには手を出したりしましたけどね。だけど友だちは、今でもいろいろやってます」

と明るくいう。そして話を聞いた彼は、またまた驚いてしまったのであった。

彼の友だちがいちばん得意だったのは、「おやじ狩り」だった。深夜、五、六人で繁華街に車で乗りつけ、酒を飲んでいい気分で一人で歩いているおやじに目をつける。そして、

「おじさん、大丈夫？　送ってやるよ」

といいながら、車に押し込む。そして一路、郊外の河川敷に向かうのである。そこでチーマーの手分け作業がはじまる。ある者はおやじの服を剝ぎ、またある者はポケットをさぐって金品を抜き取る。それ以外の者は持参のスコップで穴を掘りはじめる。深い穴が開いたところで、すっぱだかにしたおじさんを中に入れ、首から上を外に出して埋めてしまう。そして、

「さようならあ」

と手を振りながら去っていくというのであった。

「まずいじゃないか」

先輩としてというよりも、人として彼が暗い声で諭すと、

「そうなんですけど、何度も河原におやじを埋めてましたね。怪我をさせたり殺したりしてはいないから、大丈夫」

と青年は明るくいったというのである。

だいたいチーマーになってしまう子というのは、就職する気もなく、かといって自分がやりたいこともなく、そういう人々が集まって、暇つぶしの面白半分で悪さをしているのだと私は思っていた。ところが彼の場合は、就職する気があって、自分のやりたいこともあった。チーマーではあったが、活動の合間に熱心に興味のある分野の本を読み、就職するにあたって勉強を怠らなかった。面接した印象もとてもよく、成績もよかったので、何の問題もなくチーマーは難関を突破したのである。

彼自身は就職したので足を洗ったが、今でも当時の友だちと交際があるという。

「スーツを着た会社員になると、チーマーと雰囲気が違うから、友だちに相手にされないんじゃないの」

と先輩がからかってみたら、

「大丈夫ですよ。それなりにやってますから」

と元チーマーはいう。

「それなりってどういうこと？」

「まず、歩き方から違うんです」

そういって彼は会社に行くときの歩き方をしてみせた。ごくごく普通の歩き方である。

「これが友だちと会うときです」

そういうと彼は体を揺すり、大股で周囲をにらみつけながら、よたって歩いた。

「おおっ」

先輩は感動した。まさにそこには、一人のばりばりのチーマーがいたからである。

「きみはそれを使い分けているわけだね」

感心していると、彼は、

「そうです」

と胸を張った。

「チーマーに関わっていたとしても、ちゃんと勉強をして就職ができて、そのうえまわりの人に信頼されているっていうのはいいよね」

私がそういうと、彼は、

「そうなんです。本当にとってもいい奴なんですよ」

と何度もうなずくのだった。

きっと彼のようなタイプはチーマーのなかでもまれであろう。それだけがんばる子ならば、チーマーと一緒にいなくてもいいと思うのだが、彼自身、彼らにどこか魅力的なところを感じていて、つきあいをやめないのかもしれない。私たちは、

「そういう人がいたほうが、会社の人材の幅も広がるから、いいかもしれないね」

とうなずいた。これは珍しいと、友だちに話をしたら、

「うちの会社には、チーマーと対決したおやじがいる」

という。話を聞いて私は、それにもまた驚いてしまったのである。

友だちが勤めている会社のおやじ二人が、会社の帰り、コンビニに用事があって買い物をして出てきたところ、出入り口でチーマーが五、六人、だらーっとしゃがんでいた。ふだんから「おやじ狩り」のニュースを聞いて、にがにがしく思っていた彼らのうちの一人が、

「本当に今の若い奴らは、何を考えているんだ」

とつぶやいた。それがチーマーの耳に入った。

「何だよ、てめえらはよお」

彼らはいっせいに立ち上がり、二人を取り囲んで殴りかかってきた。ところが、そのおやじ二人は、もと大学のボクシング部で、めちゃくちゃ強い。喧嘩をし慣れている人は、相手の目を見ただけで、

「これは、いける」

とか、

「こいつにはかなわない」

とわかるらしいのだが、ちゃんとした喧嘩の経験がない彼らは、ただやみくもに力まかせに殴りかかるだけなのであった。

そんなチーマーが、いくらおじさんとはいえ、彼らにかなうわけがない。二人は会社

員になって何十年、ほとんどふるうことのなかった鉄拳を、チーマーに浴びせかけた。売られた喧嘩を買ってやったのである。人数は倍であったが決着はすぐついた。チーマーは二人のおやじに、ぼこぼこにされたのであった。

二人は、何事もなかったかのようにその場を立ち去り、ちょっと気分もよくなったので、

「一杯、飲もう」

と近所の居酒屋に入った。そこで酒を飲んでいると、しばらくして入り口の戸ががらっと開いた。

「あっ、いた。てめえら、ふざけんじゃねえぞ」

そこにいたのは、さっきぼこぼこにしたチーマーだった。

「外に出ろ」

そういわれておやじたちも、

「おう」

といって外に出た。するとさっきは数人だったのに、上目でにらみつけている茶髪が十数人集まっている。ぼこぼこにされて気のおさまらない彼らが、友だちを引き連れてお礼参りにきたのである。

彼らはまた力まかせに、おやじに殴りかかってきた。しかしそんなことでひるむおや

じではない。たった二人でまた全員をぼこぼこにした。そこへ通報を受けた警察の車がやってきた。

チーマーと一緒に連行されたおやじ二人は、

「どうしておれたちが警察に行かなきゃいけないんだ。何も悪いことをしてないぞ。先に殴ってきたのはこいつらだ」

と暴れた。しかし、

「まあまあ。事情をうかがいますから」

といわれて警察に連れていかれた。そこでもおやじの気持ちは収まらない。自分たちは警察に行く必要はなく、居酒屋でいい気持ちで飲んでいる途中だったのだと訴えた。ああだこうだともめていると、警察官が静かにいった。

「彼らが、過剰防衛ではないかといっているのですが」

その言葉を聞いたおやじ二人は、同時に脳天から火を噴いた。

「過剰防衛だとお。ふざけるなあっ。喧嘩のやり方も知らないくせに、生意気なことばかりいうなっ」

おやじ二人は警察でまた暴れ、大騒動になったという。そしてそれから何回か会社に警察から呼び出しがかかり、そのたびに二人は、

「ふざけるな」

と暴れたというのである。

この話を他の人にすると、特におじさんたちはとっても喜ぶ。なかには拍手をして、

「いい話ですねえ。世間は暗いニュースばかりですが、こういう話を聞くと、心が洗われます」

とにこにこする人もいた。

たくさんのおやじたちの恨みをはらした二人の勇気あるおやじは、私の周囲では英雄扱いされている。過剰防衛だろうが何だろうが、それくらいやってやらなきゃ、わからないだろう。頭でわからない奴には、体でわからせるしかないのだ。

おやじと対立するチーマーがいる一方で、おやじにかわいがられているチーマーもいる。彼は先輩には過去を告白したが、きっと面接では、

「学生時代、どんな活動をしていましたか」

と聞かれて、

「チーマー」

とはいわなかったと思う。彼にとっては、チーマーだったということが、他の奴とは違うという、自慢になっているのだろう。刺激的なクラブ活動みたいなものだったのかもしれない。このたび、チーマーにもおやじにもびっくりさせられたが、私はやっぱり、チーマーをぶっとばしたおやじはとっても立派だと思った。それでこそ大人である。そ

れに比べて「過剰防衛」などといって警察に泣きつくチーマーは、やっぱり情けない。

「若いもんはまだまだ青いのう」

と私は溜飲を下げたのであった。

極楽エステ大騒動

私がはじめてエステに行ったのは、二年前である。エステの場面を書きたいと思い、行ったことがある人に話を聞こうと、編集者のAさんにたずねたら、

「一度、行ってみませんか」

と誘ってくれたのである。エステは私の人生には全く関係なく、顔が商売の女性たちが行くような所だと思っていた。しかし彼女は、

「とにかく気持ちがいいんですよ。私なんかぼーっと寝ちゃうんです。すっぽんぽんでボディもやってもらったことがあるんですが、あとで体を包んで発汗させたとき、時間になっても汗が出なくて。代謝が悪いといわれました」

といった。

「ふーん。そういうこともわかるんだ」

ボディはやってもらう気はないが、顔はやらなかったときより、やってもらったほう

がはるかに調子がいいと彼女が勧めるし、店側もしつこく勧誘をしないといわれたので、それならばと、彼女の後ろにくっついて行ったのである。

受付の人も係の人もとても感じがよく、広いスペースではなかったが、清潔で気持ちがいい店だった。まず応接コーナーで食生活や体調についてアンケートを書かされ、出されたハーブティーは全部飲んで下さいといわれた。そして肩ひもがつき、胸にゴムの入った、タオル地のサンドレスみたいな服を着せられて、個室のベッドに横になった。私は肌が弱く、特に日光に弱い。けれども、日焼け止めを塗ると肌がやられるので、それが悩みであった。まずそれを話すと、エステティシャンは、

「肌のトラブルは乾燥から来ることが多いんですよ」

といった。顔には蒸気がずーっと当てられ、顔に乳液らしき物が垂らされて、マッサージをされる。自分ではマッサージなんかしたこともないので、ただただ、

（ふーむ）

と思うだけである。ところが次に、目の回りやこめかみなど、眼精疲労になったときに押して気持ちがいいところを、ちょうどいい具合に押してくれる。

（おおおお）

極楽であった。それを拭き取り、また何かを垂らし、ということを何度か繰り返すと、顔の上に何かかぶせられた。

次は首から下になった。顔のエステは乳の上の部分、最近ではデコルテとかいうそうであるが、そこまでが範囲になる。サンドレスみたいに胸と背中が開いている服に着替えさせられたわけがわかった。

まず彼女は、両腕の付け根の部分をぐいっと押した。

（およーっ）

突然の攻撃に私は声を出しそうになった。こんなところを押されたのは、生まれてはじめてではないだろうか。たしかここいらへんにはリンパ節があったような気がするが、その通り、彼女は、

「リンパの流れをよくするんです」

といった。そしてそれから、私の背中の下に腕を差し入れ、肩胛骨の下のあたりからぐいぐいとこすり上げはじめたのである。肩胛骨の下は肩が凝ったときに押すととても気持ちがいい。私は、

（あー、そこ、そこ）

と腹の中でいいながら、されるがままになっていた。そのあとはデコルテと肩を乳液らしき物をつけてマッサージをし、ふき取っておしまい。そして彼女はドアを閉めて部屋を出ていったのである。

私は一人取り残され、目をつぶって横たわっていた。ぼーっとしてきたが寝るまでに

は至らなかった。時計がないのでどのくらい経ったかはわからないが、十分か十五分ほどして、彼女は戻ってきた。そして、

「多少、ぴりぴりするかもしれませんが、それは成分がしみこんでいるので、ご心配なく」

といいながら、泥のような感触の物を塗った。

たしかにぴりぴりしてきたが、痛いというほどではない。そしてまたしばらくしてそれをふき取り、仕上げの化粧水か乳液か美容液かはさだかではないが、それを塗って約一時間のエステは終わった。

「いかがでしょうか」

起こされて手鏡を見たとき、私はびっくりした。肌の色がとても白くなっている。

「どうして、こんなふうになるんですか」

なんでもリンパの流れをよくしたので、顔面にたまっていた老廃物が流れたんだそうである。顔面にたまっていた老廃物と聞くだけで恐ろしいが、とりあえずは顔面からは流れ出たということらしい。

その後、着替えると私は尿意を催し、パウダールームの奥にあるトイレに走った。

「いかがでしたでしょうか」

またハーブティーが出た。

「すぐトイレに行きたくなりました」

「それはとてもいいことです。ボディをするとそれがもっと顕著に現れますよ」

エステをする前にハーブティーを飲み、老廃物を出したあとでまたハーブティーを飲んで水分を補給するというわけだった。私は、

「はあ、そうですか」

とただうなずくだけである。Aさんもやってきて、二人ともつるつるの顔をしていた。店を出ても喉がかわき、私たちは喫茶店で二杯ずつお茶を飲んだ。体がそれを要求していたのである。私もどちらかというと水分の代謝が悪く、水をたくさん飲まないかわりに、トイレにもあまり行かない。それが顔と胸のあたりをマッサージしてもらっただけで、こんなになるのかと、驚いたのも事実だ。

「もしかしたら、私の顔や胸には、老廃物がどっさりたまっていたのかも」

というと、Aさんは、

「それ、とっても怖いです」

とおびえた顔をした。しかしあの即効性を考えると、そうとしか思えなかったのである。

翌日、編集者のBさんと打ち合わせがあって、出版社まで出かけていった。すると彼女が私の顔を見るなり、

「どうしたんですか、今日は」

と目を丸くしている。ふだんよりも色が白く、肌がつるつるなので驚いたというのである。私は、

「昨日、生まれてはじめてエステに行って……」

と話した。すると彼女は目を見開いて、

「行きたい！」

と叫んだ。絶対に行かなければならぬというような決意の炎がめらめらと燃えているので、

「じゃあ、予約をしておくから」

といって、彼女の都合のいい日を聞いておいた。

半月ほどして、Bさんと一緒にまたエステに行った。彼女のほうはアンケートなど、カウンセリングがあったので、先に着替えて個室に入った。この間と同じ手順でしてもらったが、ぴりぴりとちょっと刺激があったのに、今回はなかった。肌が慣れたのだろうか。

半分、うつらうつらしながら時間を過ごし、誰もいないパウダールームでそこに置いてある白粉《おしろい》をぱたぱたと顔にはたき、ぼーっとしていた。やってもらったあとは、すぐちょこまかと動きたくないのである。てかてかになった顔を見ながら、

「これがいつまで続くやら」

と思っていると、バーンと大きな音がした。びっくりして振り返ると、ものすごい勢いで個室のドアが開き、中からタオル地のサンドレス姿のBさんが飛び出してきた。頭にタオルを巻き、顔面は緑色のまだらで、ものすごいことになっていた。

「うわあ」

緑色のまだらがあまりにすごくて私は思わず声を上げた。すると彼女は、

「トイレえー」

と叫びながら、パウダールームの奥にあるトイレに駆け込んでいった。そしてその後ろを、タオルをささげ持ったエステティシャンが、

「申し訳ございません、申し訳ございません」

と腰を十重二十重に折ってあやまりながら、小走りで彼女を追いかけていく。私は、

「はあ……」

といいながら、何が起こったのかと呆然としていた。

「あー、すっきりしました。お騒がせしました」

Bさんはほっとした顔で出てきた。

「申し訳ございませんでした」

追いかけていった彼女もほっとしているようであった。

応援コーナーでハーブティーを飲みながら待っていると、つるつるした顔のBさんが出てきた。

「えへへへ」

と照れくさそうに笑っている。

「どうしたの」

「いやあ、途中から大変なことになっちゃって」

Bさんは、顔面、デコルテとやってもらっているうちに、ものすごい尿意を催してきた。

「エステに行く前に、トイレに行ったの覚えてますよね」

たしかに彼女は直前にトイレを済ませていた。それ以後、口にしたのはここで出されたハーブティー一杯のはずだった。

「終わるまで我慢しようと思ったんですけど、もう、膀胱が破裂しそうになっちゃって。トイレに行かせて下さいっていったら、エステティシャンの人が、『この泥はすぐ乾いてしまうので、取らせて下さい』っていったんですけど、もうすぐ出ちゃいそうだったので、顔を拭きかけていたお姉さんをつきとばすようにして、部屋を飛び出してきちゃいました」

お姉さんはBさんの顔面が緑色の泥で固まってしまうのを恐れ、あわてて後をくっついてきたというわけだった。お姉さんは彼女が出てくるのを待っていて、急いで顔を拭いたという。

「でも、個室に戻ったら、ちょっと固まりかけてて、取るのが大変みたいでした」

大騒動であった。

たしかに気持ちがいいので、いろいろな人に紹介したが、私はそれ以来、エステには行っていない。日焼け止めにかぶれて顔面が腫れ上がり、顔をいじらないほうがいいと半年間遠ざかっていたら、面倒くさくなってしまったのである。Bさんも彼ができたとたん、エステには行かなくなった。

世の中には美しくなろうと努力している女性がたくさんいる。結婚していても、彼氏がいても、美しくありたいと毎月エステや美容院にまめに通っている。私なんぞこのごろは、カラーリング、パーマとあれこれ勧める美容院に行くのが面倒くさくなって、髪の毛も自分で切っているくらいだ。図書館は遠くてもほいほいと行くのに、女性の美の館に行くのは面倒くさい。

「こんなことでは、理想としている身ぎれいなおばあさんにはなれんぞ」

と自分を戒《いまし》めるのであるが、なかなか重い腰は上がらないのである。

ホテル缶詰生活・私の場合

私が物を書く仕事をはじめた当初、よく聞かれたのは、「物書きは、必ずホテルに缶詰になるのか」ということだった。私は何年もそのような経験をしないできた。というのも、書き下ろしをのぞき、百パーセントといってもいいくらい、締め切り日を守ったからである。以前は編集の仕事もしていたから、

「このくらいの出版社で、このくらいの雑誌の作りだと、締め切りはいつごろだな」

と最終締め切り日も予想できる。もちろん編集者がさばを読んでいるのはわかっているが、それでも告げられた締め切りは守る。書いている物も短い物が多いし、缶詰になる機会はなかったのだ。作家のなかには、缶詰になったほうが原稿がはかどるという人もいたが、私は、毎日、ちまちまやっていれば、仕事をこなせると思っていた。

ところが三年前、缶詰の話が持ち上がった。締め切りに遅れたわけではなく、書き下ろしにとりかかるときに、編集者が、

「もしかしたら原稿が一気にかけるかもしれませんね」

といって、ホテルのツインの部屋をとってくれたのである。

正月明け、私は新宿のホテルの一室に、一週間の約束で缶詰になった。基本的にホテルは好きなので、ちょっと胸がわくわくした。大きな窓からは都庁が見える。

「あーあ、私の税金も、あの壁の何枚かになってるんだな」

ガラスにへばりつきながら、ぼーっと眼下の景色を眺めていると、カラスや鳥たちが気持ちよさそうに羽ばたいていく。それを眺めていると、あっという間に十五分や二十分は過ぎてしまう。

「こんなことではいかん」

私は頭をぶんぶんと振りながら、邪心を払おうとして、ベッドの上に仰向けになり、天井を見上げて、やる気になるようにつとめた。窓際には丸テーブルと椅子がふたつ。机といっても、鏡の前の幅四十五センチくらいのスペースだ。編集者は、

「スタンドでも机でも、必要な物は頼めば運んでくれますから」

といってくれていたが、

「そこまでしてもらわなくてもなあ」

とずるずると仕事に対して後ずさりの状態になっていったのである。

とりあえずワープロを置き、ノートも傍らに準備して、自分を追い込もうとした。

「とりあえず、腹ごしらえをしなきゃ、頭もまわらないからな」

昼間からルームサービスを頼む気がない私は、外に出た。

新宿にはデパートが何軒かある。食料品売り場でお弁当でも買って、ホテルで食べようとしたのだが、これがよろしくなかった。最初に行ったデパートの食料品売り場にはめぼしい物がなく、それではと別のデパートに行った。ところがタイミングが悪く大混雑で、人の数を見ただけでうんざりしてしまった。そこで、

「買い物でもして、ちょっと時間をつぶそうかな」

と思ったとたん、なぜか今日、新宿に来た理由を、ころっと忘れてしまったのである。

それから上の階に行き、陳列してある物を、ふんふんと眺めながら階下に降りていく。買い物といっても、文房具や小物などの細かい物ばかりなのだが、ふだん、全売り場をていねいに見たことがない私は、

「へえ、こんなものまであるのか」

とベビー用品売り場まで点検して驚いていた。

デパートを二軒まわって、多少、人が少なくなった食料品売り場でお弁当を買い、そのあと大手書店に立ち寄ってからホテルに戻った。お弁当を食べながら、ワイドショーを見る。昼食が終わると眠くなってきた。あくびをしながら、ぼーっとしているが、いっこうに仕事をする気にはならない。外を見ると、周囲のビルに当たる陽の具合が変わ

ってきた。

「うーむ」

ちらっとワープロを見たが、自動ピアノみたいに勝手にキーが動くわけではない。私はなるべくそちらのほうを見ないようにして、

「うーむ、うーむ」

とうなりながら、ぐずぐずしていた。そして頭に浮かんできたのが、晩御飯はどうするかということであった。中途半端な時間にお弁当を食べたものだから、きっといつもの晩御飯の時間には、それほどお腹がすいてないだろう。明日の朝御飯はどうしよう。

「パンでも買ってくるか」

また財布を持って、パンを求めてホテルを出た。歩きながら私は、初日は仕事をしないで、ホテルライフに慣れる、と勝手に決め、

「明日からちゃんとやろう」

と固く心に誓ったのである。

翌日、朝起きてシャワーを浴び、下着姿でうろうろしていると、薄物のカーテンごしに、カラスが飛んでくるのが見えた。どうしたんだろうと窓に近づいたとたん、下からぐわーっと、窓ガラスを拭く人が乗ったゴンドラが上がってきた。

「わあっ」

びっくりして、その場に伏せた。おそるおそる窓を見上げると、お兄さんは知らん顔で窓を拭いている。どうやら私の姿には気がつかなかったらしい。

「よ、よかった」

絨毯の上を匍匐《ほふく》前進でずりずりと移動しながら、ベッドの陰でこそっと着替えた。パンを食べ、ワープロの前に座ってみたが、頭の中に何も浮かばない。私は家で仕事をしているときでも、じっと机の前にいても頭が働かないタイプである。散歩をしているときに、いろいろなことが浮かんでくる。

「そうだ、散歩をしにいこう」

私は外に出た。そして散歩ならば公園や静かなところに行けばいいのに、どういうわけだか、足はデパートへデパートへと向かうのであった。

ホテルに戻ったときは、両手に紙袋を下げていた。帽子とかキッチンクロスとかスカーフとか、いつか買おうとは思っていたが、何も今買わなくてもいいじゃないかという物ばかりである。

「外に出るからいかんのだ。ホテルの中にいればおのずと仕事をするだろう」

晩御飯をホテルで食べることにしたにもかかわらず、ワープロには触らなかった。

いくらホテルにいようと思っても、お掃除の時間があるから、その間は外に出る。そうなると、

「いけない、いけない」

といましめるのに、やはり足はデパートに向いていく。そして帰るときには、両手に紙袋状態になった。

ホテルの部屋には、デパートの紙袋がどんどん増えていった。横目で紙袋の山を見て、さすがに自分でもこれはいけないなと思った。ホテルをチェックアウトするときも、この紙袋を見た編集者は、唖然とするだろう。これは何とかしなければならないと焦った私は、とりあえず持てるだけの紙袋を持って、家に帰ることにしたのである。

家に帰って紙袋を置き、ソファに座ってぼんやりしていると、急に掃除機をかけたくなり、部屋を掃除してしまった。疲れたのでお茶を飲み、テレビを見、三時間ほど家で過ごしたあと、ホテルに戻った。次の日も紙袋を置きに帰った。たまたまマンションに入るときに友だちとばったり会い、

「あなた、缶詰になっているんじゃないの」

とものすごく驚かれた。

「うーん、あまりやる気にならないから、お掃除してる間に、帰ってきちゃった」

といったら、

「何やってるの。早く戻って仕事をしなさい、仕事を」

と怒られた。

「はい、わかりました」

私はすごすごとホテルに戻った。

ところがワープロの前に座っても、なーんにも頭に浮かばない。この世の中で自分は一人ぼっちのような気がしてきた。話相手が欲しくて、出版社各社の担当編集者に、

「あのねー、私ね、今、缶詰になってんの」

と電話をかけたりした。そしてまた一文字も書かずに、ルームサービスの晩御飯を食べ、こてっと寝てしまった。

缶詰というものは、ふだんの生活から隔離し、仕事に没頭するためにするものである。ところが私の場合、そうなるどころか、毎日、デパートを徘徊する習慣がついた。買い物をしたらそれを家に置きに帰り、またホテルに戻る。缶詰が終わるころ、編集者から電話があり、

「やっとつかまりましたね。いつお電話してもいないから、どうしたのかと思って」

といわれた。まさか、

「家に帰って、茶を飲んでました」

とはいえないので、

「ホテルのお掃除の間には、外に出ていたので、それでじゃないでしょうか」

と答えておいた。

「仕事の具合はどうですか。進んでますか」

と聞かれた。当たり前である。出版社はデパートで買い物をさせるために、缶詰にしたんじゃないのだ。

「ええ、まあ」

私は言葉を濁した。

「どのくらいですか、どの程度、お書きになりましたか」

編集者はとても喜んでいる様子である。しかしまだ一文字も書いていない。

「いえ、あの、書いたというわけではなくて、あの、構想が固まったというか……」

「そうですか……」

ちょっと声のトーンは落ちたものの、

「でも、よかったです。少しでも進んでいるようなので」

といって電話は切れた。

「うーむ」

私はうなるばかりであった。

うなり続けて一週間、結局、一文字も書かずに、うなだれてホテルを出た。しかしそんな私を責めることもせず、編集者は優しく車で自宅まで送ってくれた。

「家に戻るのも久しぶりだから、新鮮な気持ちになるかもしれませんね」

といわれて、たらっと冷や汗が流れた。

後日、その書き下ろしは何とか出来上がってほっとしたが、缶詰はなかなか辛い経験であった。日常生活から隔離されて仕事がはかどる人と、そうでない人がいることがはじめてわかった。私は日常生活から離れて、一日中、仕事モードにはめこまれると、全く頭が働かなくなるタイプなのだ。食事を作ったり、洗濯をしたり、編み物をしたり、というなかに仕事も組み込まれている。それがわかったのはよかったかもしれない。きっとこれからも缶詰になりたいと思わないし、それよりもこの真実を知った編集者は、みすみす金をドブに捨てるような、私を缶詰にするという暴挙には及ばないに違いないのである。

不幸せの青い鳥

以前、母は私が拾った鳥の雛を育てていることはすでに書いた。チビタンと名付けられたその雛はどんどん成長し、野鳥だというのに母親にとてもなついた。飼って二日目で手乗り状態になり、獣医さんも、

「珍しいですねえ」

と感心しているくらいであった。

母親は、

「チビタンがいれば、もう他には何もいらない」

といい、物を買うことよりも、チビタンを育てることに、専念しているようであった。

「神様は私を見捨てなかった。青い鳥はいた」

私は、雛が目の前に落ちていた偶然に感謝し、これで母の贅沢三昧も終わるだろうと思っていたのである。

いちおう拾い主として、私は引っ越す前に母の家に行き、成長したチビタンに再会した。グレーで小さくて、まだぽわぽわして寝てばかりいたチビタンも、いっぱしの鳥になっていた。グレーの地に黄色いラインが入っている。顔立ちといいしぐさといい、とっても愛らしい鳥に成長していた。

「かわいいわねえ」

思わずそういうと、母親は、

「そうでしょう。こんなにかわいい顔立ちの子はいない」

とまるで自分が産んだみたいに、腹と区別がつかなくなった胸を張った。

チビタンは私と母親が同じ内容の言葉を話しても、母親のいうことだけに反応した。たとえば鳥かごの中に小松菜をいれてやり、

「小松菜、おいしいよ」

と私が声をかけても、止まり木に止まったたまま、首をかしげている。ところが母親が、

「ほら、お姉ちゃんが小松菜を入れてくれたよ。おいしいから、食べてごらん」

と声をかけると、

「チチッ」

と返事をして、ついばみはじめる。それがリンゴであっても同じだった。また、小松菜を食べたあと、嘴《くちばし》のまわりが緑色になっているので、私が、

「嘴が汚れたから、きれいにしなさい」

といっても、知らんぷりしている。ところが母親が、

「汚くなっちゃったから、きれいにしなさい」

というと、また、

「チチッ」

と返事をして、止まり木に嘴をこすりつけて、嘴をきれいにするという具合であった。

それまで母親が、

「チビタンは私のいうことがみーんなわかるのよ」

といっていたのを、

「また、ばかなことをいっちゃって」

と勝手に彼女が思いこんでいるだけだと決めつけていたのだが、チビタンを見ていると、母親のいうことをちゃんと理解しているようだった。

「チチッて鳴くのが、わかったっていう返事なの」

母親は何度も自慢をして、とても得意そうだった。

「私のことは覚えてないの？　ほら、あんたを拾って、獣医さんに連れていってあげたでしょ。私が拾わなかったら、道路でひからびていたかもしれないのよ」

私がむっとしても、チビタンは首をかしげたまま、じっと顔を見上げているだけだっ

た。

母親はチビタンを育てるために、二時間おきにすり餌とミルワームという、にょろにょろの生き餌をやった。夜中も二時間おきに起きて餌を与えた。家にいるときは、手のひらに柔らかい布を乗せ、それでチビタンをくるんで、じーっとしていたというのであった。雛を渡すときに、餌と巣を入れた飼育ケースも一緒に持っていかせたのだが、

「いくら巣があるからといって、冷たいプラスティックの飼育ケースに、雛をぽつんと置いておけない」

と、自分の手のひらに乗せていたのである。

鳥は特に刷り込みが激しいというが、チビタンは母親を本当の親だと思っているようだ。姿がちょっとでも見えなくなると、

「ピッピピッピ」

と騒がしく鳴き続ける。声を聞いた彼女が、

「今いくから、待ってなさい」

といっても鳴いている。仕方なく、

「どうしたの、おとなしくしてなさい」

と顔を見せると、今度はうれしがって、

「ピッピピッピ」

と明るい声で鳴きながら、小躍りする。買い物から帰ると、がっくりと肩を落としていたのが、ぱっと顔を上げ、うれしさを体いっぱいで表現する。母親にとってチビタンは、子供、孫、それ以上の溺愛の対象なのだった。

新築した家に引っ越すまで、彼女は宝飾、着物、旅行と贅沢三昧の生活を送っていたが、最近は、そういう誘いがあっても、

「チビタンを一人にはできない……」

としぶりはじめた。家を出るとき、チビタンがいつも悲しそうな顔をするというのである。

「日帰りならともかく、とてもじゃないけど、旅行になんかいけないわ」

私はいいぞいいぞと思いながら、

「寂しがるとかわいそうだもんね」

といった。チビタンは母親のベッドルームに置かれ、寝起きを共にしている。それでもちょっとでも姿が見えなくなると、

「ピッピッピッピ」

と大騒ぎするので、

「本当に困るのよ」

と電話で話しながらも、母親はまんざらでもなさそうだった。

引っ越してひと月ほどたったある日、

「久しぶりにデパートに行っていいかしら」

と母親から電話がかかってきた。細かい少額の買い物は黙って済ます。うちに電話がかかってきたということは、暗に私のお金を遣ってもいいかと聞いているのと同じなのである。半年以上、母親がチビタンの面倒を見たこともあって、

「ああそう。行ってくれば」

と返事をした。チビタンを育てている間に、お金よりももっと大切なものがあるということを思い出したのだろう。たまには気晴らしもいいのではないかと私はそう思ったのである。しかし頭の隅では、

「もしかしたら、また、物欲がぶり返すのでは」

と気が気でならない。しかしこちらから電話はしたくない。買い物に行った当日か翌日、母親から必ず報告の電話が入る。私はその日も、胸騒ぎを覚えながら、電話を待っていたのである。

夜、電話がかかってきた。いつにも増して、明るい声である。その声を聞いて私は、ちょっと暗くなった。

「あのね、チビタンのことなんだけどね……」

母親の電話の導入部はいつもこの話題である。動物関係のネタだと私がついつい聞い

てしまうのを、わかっているからである。特別に目新しい話ではなく、

「チビタンはとっても頭がよくてかわいい。うちにやってくる運命になった生き物は、みんな頭がよくてかわいくて、いい子ばっかりだ」

という、いつものパターンであった。

「はあ、はあ」

と相槌を打っていると、やっと本題に入った。

「デパートも久しぶりだったけど、やっぱり楽しいわねえ」

「ああ、そう」

「何だかとっても楽しくなっちゃって、オーダーでタンスを買っちゃった」

「げっ」

たらっと汗が流れる。着物が増えたので持っていた桐ダンスには収納しきれず、洋間にも置けるような、外側は洋風で中が桐になっているタンスを頼んだという。

「そんなもの、欲しいなんていわなかったじゃない」

「うん、いってなかったんだけどね、見たら、いいなって思ったの」

私は黙るしかない。

それに続けて母親は、

「今度の家は床の間が一間分あるでしょ。だからねえ、掛け軸がないとかっこがつかな

いの。掛け軸欲しいなあ、欲しいなあと思っていたらね、いいのがあったの」

「げえええ」

家が建ってから、母親はとにかく掛け軸に執着していた。母親が育った家には、祖父の趣味でたくさんの掛け軸があり、幽霊の軸もあったという。これまでは床の間のある家に住んだことがなかったので、掛け軸も必要なかったのだが、これからは必需品だというのであった。

「どうして、一間の床の間にしたんだ」

たしかに床の間があったほうがいいとはいったが、掛け軸が必要な床の間を造れといった覚えはない。それには答えず彼女は、

「いろいろ見せてもらって、かわいい鳥の絵のもあったんだけどね、結局は、武者小路実篤のにしちゃった」

というではないか。私は思わず、

「カボチャかあ？」

と叫んでしまった。私が子供のころ、武者小路実篤ブームがあったらしく、「天に星、地に花、人に愛」という書と絵が一緒になった、絵皿や複製画が家々に置いてあった。その図柄がたいてい、カボチャなどの野菜だったからである。

「カボチャじゃないわよ。書も書いてあってねえ、山と道が描いてある、ほのぼのとし

た心が休まる軸なのよ」

私は作者などはどうでもよく、気に入れば無名の人のでも買うタイプだ。どうして母親が、その軸を買ったのか、理由を聞いてみた。彼のファンだという話は、聞いたこともなかったからである。すると彼女は、

「だって、武者小路実篤だったら、みんな知ってるもん」

といい放ったのである。私にとっては、まず自分の好みが第一だ。だから気にいれば誰のでもいい。しかし母親は違った。とにかく人に見せるということが、まず最初にあるのだった。

たった半日、デパートに放しただけで、母親はまた三桁の買い物をしてくれた。おまけに掛け軸で加速度がつき、最近は骨董を物色しはじめて、私はもう倒れそうだ。今月、彼女は骨董品探しの旅に出かける。

「チビタンが寂しがるんじゃないの」

といってみたら、世話は同居している私の弟がやるので、心配ないといい、

「よくいい聞かせたらね、チチッて鳴いていたから大丈夫」

と元気いっぱいである。

「チビタンさえいれば、もう他には何もいらないわ」

といっていたのは、いったい何だったのだろうか。チビタンは神様が与えてくれた青

い鳥だと思っていたのに、成長したらあっという間に効力を失ってしまった。おまけに最近では、

「お姉ちゃん、一緒に住むのが嫌だったら、うちの裏の土地が空いているから、そこに家を建てて住めば」

などといいはじめた。母親という生き物は、いったい何を考え出すのだ。これほど欲というものは深いのかと、私は呆れるのを通り越して、ほとんど感心しているのである。

小松菜紛争勃発

うちの実家には、母親が飼育担当の鳥とウサギがいる。鳥のほうは一年前に私が近所で拾った雛である。拾ってすぐ、獣医さんに連れていくと、受付のお姉さんにスズメの雛ではといわれたのだが、成長するにつれて、母親は、どうもスズメじゃないようだといいはじめた。スズメだと頭に茶色いベレーをかぶっているし、ほっぺたには黒丸があるのに、うちのチビタンにはないというのである。全体にグレーと茶色がまじっていて、羽を広げると黄色ラインがある。

「もしかしたら、ハーフかもしれないわ」

などともいうのであった。

彼女は、

「きっとチビタンはハーフだから、いじめられたのよ。巣を追い出されたのに違いないわ。かわいそうに」

と悲劇の主人公に仕立て上げようとする。

「同じ巣の雛の親はみな同じでしょ。ハーフだったら、その巣の雛はみんなハーフだから、いじめられることなんかありえないわよ」

「それはそうだけど。じゃあ、どうしてこんな黄色いラインが入っているのかしら。もしかしたら、黄色のセキセイインコの血が入っているかも」

私が子供のときに、黄色のセキセイインコを飼っていたので、彼女の頭の中には、それがインプットされていたのだろう。

「スズメとセキセイインコが交配するって、めったにないんじゃないの。第一、セキセイインコなんか、うちの近所に飛んでないよ」

「あんたが見てないだけよ。ペットのインコが逃げたっていう張り紙をよく見るもん」

母親はチビタンのハーフ説をでっちあげ、一人で納得していた。ところが彼女の友だちがやってきて、

「この鳥、うちの庭にも飛んでくるわ」

といわれ、さすがにハーフ説を引っ込めざるをえなくなってしまったのだった。

「チビタンは何者か？」

これが我が家の重大な疑問だった。たしかにかわいいし、手乗りのようになついて後を追う。母親が姿を見せないと必死に呼び、一緒に部屋の中にいると、おとなしく遊ん

でいる。それだけでも十分なのだが、どんな種類の鳥なのか、飼い主としては知っておきたい。チビタンのルーツを探るべく、母親は買い物のついでに、ペットショップに寄ってみた。すると動物は全く好きではなく、ただ金儲けのために店をやっているというような店主に、

「獣医がそういうんだったら、スズメだろ」

とつっけんどんにいわれた。母親がむっとしていると、店の女の子が親切に鳥類図鑑を持ってきて調べてくれた。その結果、チビタンはカワラヒワのメスだということがわかったのである。

「カワラヒワよ、カワラヒワ」

母親は感心していた。よっぽど鳥に関心がある人じゃないと、カワラヒワなどという名前は出てこないだろう。近所の公園に散歩をしにいったら、

「公園にやってくる野鳥」

というプレートに、カワラヒワと書いてあり、鳥の絵も描いてあった。

「これだ、これだ、チビタンは」

私は思わずそれに見入ってしまった。スズメ科と書いてあったから、受付のお姉さんもスズメの雛と思ってしまったのだろう。おまけにメスだから、よけいにわかりにくかったのかもしれない。とにかく何者かがわかったチビタンは、ますます孫のように母親

に溺愛され、彼女の友だちが遊びに来るたびに、

「カワラヒワのチビタンでーす」

と紹介されるようになったのである。

それからしばらくして、私は近所に住んでいる友だちにばったり会った。すると昨日の夜中、ウサギを拾ったという。二時半ごろ、道を歩いていたら、向こうから跳ねて近付いてくる物がある。いったい何だろうと、じーっと見ていたら、それがとびついてきた。びっくりして見たら、ウサギだったというのだ。その日は夜から小雨が降り出していて、ウサギはあちらこちらを動き回ったのか、鼻をちょっと怪我していた。

「仕方がないから、朝一番でケージと餌を買いに行って、獣医さんに連れていったの。オスで、子供と大人のちょうど中間くらいの年齢らしいわ」

私はすぐ見に行った。目が黒くて毛色はグレーがかっている、とってもかわいいウサギであった。名前はすでに、「おじさん」とつけられていた。

「かわいいけど、仕事があるから飼えないし」

彼女は暗い顔をした。地方や海外に行く用事が多いので、生き物は飼えないのである。

「あのー、こういったら何だけど、あなたのお母さんのところはだめかしら」

彼女は遠慮がちにいった。

「あの人は天然記念物以外の動物は、ほとんどいたっていうような家に育っているから、

大丈夫」

私はすぐ母親に電話をした。すると、

「まあ、ウサギ。どうして住宅地を跳ねていたのかしら」

と素朴な疑問を投げかけてきた。同感であった。何かの拍子に逃げてしまったか、それとも手に余って捨ててしまったか。かわいがっているのだったら、「尋ねウサギ」の紙が貼られるだろうと、ウサギが跳んできた方向を中心に、二、三日、近所をうろうろしてみたが、そういう貼り紙は出なかった。緊急に探している飼い主はいないようだということがわかって、ウサギは母親のところに、送り込まれたのである。ウサギは母親の姿を見るなり、ぴょんと胸にとびついて、おとなしく抱っこしてもらっていた。

「かわいいわねえ。いい子ねえ」

母親は第二の孫を得て、有頂天である。

「ここがこれからの、あなたのおうちよ」

突然やってきたでかい新参者を、チビタンはじーっと眺めていた。

以来、毎日、母親からは「その後のウサギ情報」が、電話により報告された。

「おじさんがね、一緒に寝るととても喜んで、顔をぐいぐい押しつけてくるの。そして布団に入るとね、顔や髪の毛をなめるのよ。この間なんか、体の上に乗られたら重くて重くて……」

とうれしそうに大きな声で話すのである。私はあせり、

「そ、そんなに大きな声で、おじさん、おじさんというな」

と叱った。年だとはいえ母親は独身である。近所の人に聞かれて、どんな誤解を受けるかわからないではないか。しかし彼女は、

「だって、うちに来たときから、おじさんっていう名前だったんだもん。しょうがないじゃない」

と全く頓着していないのであった。

母親と同居している弟も、チビタンともどもおじさんを溺愛し、会社の帰りにペットショップで、「うさちゃんのおやつ」という物を各種買い込み、それをやっては、

「食べた、食べた」

と喜んでいた。それだけならまだしも、ウサギは直射日光に弱いと聞いたとたんに、庭用の大きなパラソルまで買ったというのには、あきれかえってしまった。

「庭にクローバーを植えて、そこでおじさんを遊ばせてあげようと思うの。そのときパラソルがあったほうがいいでしょ」

母親の頭の中にはピーター・ラビットの世界が渦巻いているようであった。

鳥はおとなしくカゴの中に入っているが、ウサギはそうではない。ケージから何度も脱走し、そのたびに母親は家中を、

「おじさあん、おじさあん」

と呼びながら、探しまわっていた。あるときは、掃除のために開け放していた戸から庭に出てぴょんぴょんと跳ね回っていた。二階への階段を上がりきろうとしたところを母親に見つかり、

「こらっ」

と叱られて、階段を踏み外して転げ落ちたこともあった。それでもウサギは実家のアイドルだった。

あるとき母親が台所で用事をしていると、チビタンが、

「チチチチッ」

とただならぬ声で鳴いた。びっくりして行ってみると、チビタンの隣に置いてあるウサギのケージがもぬけの殻になっている。

「わあっ、脱走した」

あわてて家中を探し回ったら、階段の上のほうで前足と後ろ足をながーく伸ばして寝そべり、階段と一体化しようとしているところを発見され、連れ戻された。

「勝手に出たらだめでしょ」

母親が叱り、ウサギがしぶしぶケージの中に入ったとたん、チビタンが、

「チチチチ」

と鳴いた。そしてそれから何回か、チビタンがただならぬ声で鳴くと、ウサギが脱走していることが判明した。チビタンは母親とウサギの姿をカゴの中からじっと見ていて、「このでかいのがケージから出ると、どうやら大変なことになるらしいから、お母さんに教えなければ」

と考えたらしいのである。それから母親は、チビタンの脱走警報が発令されると、すっとんでいき、ウサギを確保するのに成功した。

「チビタンは本当に頭がいいわ」

私は感心した。ウサギは飼い主と自分の関係しか頭にないが、チビタンは違う。飼い主、自分、新参者との関係をちゃんと理解しているのだった。

ついこの間、母親が頭のいいチビタンとぼーっとしているウサギと、遊んでやっていた。チビタンのカゴの中にある小松菜を見て、ケージの外に出ているウサギは、小松菜を食べたそうにしている。それを見た母親が、

「じゃあ、チビタンのをもらえばいいわ」

といって、半分を取り出し、ウサギにやろうとしたとたん、

「キキキキキッ」

とものすごい勢いでチビタンが母親に怒った。そしてあれよあれよという間に、小松菜をつつきまわして、ぼろぼろにしてしまったというのである。あまりの剣幕に母親は

びっくりし、言葉も出なかったという。きっとチビタンはウサギが家にやってきてから、その態度を見て腹にすえかねていたに違いない。後から来たくせに体はでかいし、勝手にケージの外に出るし、お母さんにもお兄さんにもかわいがってもらっている。苦々しく思っていたのに、私の小松菜をあいつにやるとは何事だと怒ったのだろう。

「これからはチビタンを第一にしなきゃだめよ。おじさんは何も考えてないんだから」

私がそういうと母親は、

「そうね、そうしなきゃいけないわね」

と納得していた。私の友だちからは、この調子ではこれからいろいろな動物が実家に送り込まれ、そのうちブレーメンの音楽隊ができるんではないかといわれている。しかし一緒に暮らしている動物たちにも、いろいろと感情はある。母親はこの件があってから、まずチビタンをたてて接するようになり、それ以来、平穏な日々を送っているのである。

子ネコの因果応報

自分の子供を持つのはもちろんのこと、動物でさえも飼う気はなかったのに、五月の頭に子ネコを拾ってしまった。五月一日、マンションの外廊下に出るとどこからか子ネコの悲しげな鳴き声が聞こえてきた。周囲は住宅地なので、最初は近所の家が子ネコを飼いはじめたのか、くらいにしか思っていなかった。

翌日もまた、同じ声がした。気になって、うちの三階の外廊下から、一階の庭を見てみたりしたのだが、姿は見えない。昨日にも増して、鳴き声はせっぱ詰まっている。庭まで降りていって探してみても、鳴き声はするけれど姿は見えない。

「どこにいるの。出ておいで」

と声をかけると、ひときわ鳴き声は大きくなるものの、姿は見せない。気にはなったが、向こうが姿を見せなければどうにもならないので、部屋に戻ってしまった。

そして三日目。その日は小雨が降っていた。仕事場に行こうとして部屋を出ると、下から子ネコの鳴き声がする。ますます寂しく悲しそうな雰囲気が漂っている。

「あら、まだいる」

そういいながら下を見ると、隣家との境の塀の上に、白と黒のぶちの子ネコがうずくまっているではないか。

「うーむ」

声だけでも気になっていたのに、姿を見てしまったら、もういけない。もう無視できなくなってしまったのである。子ネコは雨をよけるために、塀とエアコンの室外機の十センチほどの隙間に丸まっている。私は荷物を置き、とにかく下に降りていった。塀の高さは二メートル以上あって、チビの私が手を伸ばしたくらいでは届かない。

「降りておいで」

声をかけると、

「しゃーっ」

といって耳を後ろに倒す。私は足場になるものを見つけて塀によじ登り、

「はいはい、大丈夫よ」

と手を伸ばしてつかまえようとした。しかし子ネコは塀の上を走って逃げていった。逃げたのならばしょうがない。人間につかまりたくないと思っているネコを、むりやりつかまえるのは酷というものだ。私はあきらめて部屋に戻り、荷物を持って仕事場に行

こうとした。

　とはいってもやはり子ネコが気になる。また外廊下から下を見ると、さっきの子ネコがもといた場所に戻ってきていて、体を縮こまらせている。もう一度やってみて、こちらに来なければ、本当にあきらめるしかない。私はまた塀によじ登り、

「おいで」

　と手を伸ばした。するとさっきと同じように、

「しゃーっ」

　というものの、逃げようとはしなくなった。

「いつまでも、この上にいるつもり？　このままずっとここにいたら、死んじゃうよ」

　私はそういいながら、隙をみてむんずと子ネコをつかみ、抱きかかえて急いで部屋に戻った。たまたま友だちのネコを預かっていたので、餌はある。友だちのネコも子ネコの鳴き声を気にして、私が子ネコを抱きかかえて帰ってくると、不思議そうにじっと見ていた。とりあえず、客間を子ネコ用の部屋にあてて、中に放した。子ネコはささっと部屋の隅においてあった箱の陰に隠れてしまい、近寄ると、

「しゃーっ」

　を連発する。

「あんたは本当に『しゃーっ』が得意だのう」

とりあえず、友だちのネコ用のネコ缶を、ちょっと貸してもらい、皿に入れて部屋の隅に隠れている子ネコに見せた。

「お腹がすいているんじゃないの。ずっと外で鳴いてたからね」

するとさっきまで、

「来るなーっ」

といった形相だった子ネコが、餌を見たとたん、

「おっ？」

というような顔に変わり、とことこと走り寄ってきて、ものすごい勢いで餌を食べはじめた。

「うーん、悲しいかな、動物の性《さが》」

そういいながら、私はほっとした。この間に今度はトイレの準備である。これもまた預かっているネコのトイレの砂を借り、とりあえずうちにあったなかでいちばん大きいプラスティックの容器に入れて、その場しのぎのトイレにした。

子ネコはあっという間に餌を食べ終わった。どことなくほっとした表情になっているような気がした。

「トイレはここだからね。やり方はわかるかな？」

砂を手にすくい、さらさらと落としてみせると、子ネコは異様な反応を見せて、あっ

という間にトイレにしゃがんだ。そして、

「ぶりぶりぶりっ」

とものすごい音をたてて脱糞し、放尿した。

「これ、全部、あんたの体から出たの」

とびっくりするくらいの、ものすごい量だった。体の大きさと同じくらいの量が出たんではないかと思うくらいだった。きっと我慢をしていたのだろう。ということは、外で用を足すことに慣れていないというわけだから、この子ネコは飼われていたのに間違いない。何かのはずみで外に出てしまい、迷って戻れなくなったのか、それとも何らかの事情で捨てられてしまったのか。よく見てみると、脚の白地の部分もそれほど汚れていず、足の裏もきれいだ。体もそれほど汚れていない。とりあえず様子を見て、近所に尋ねネコの貼り紙がないかチェックをし、連休あけに獣医さんに連れていこうと思った。その日は客間に水と餌とトイレを置き、タオルを敷いてネコベッドを作ってやり、部屋を閉めて静かに寝られるようにしておいた。そしてその日は、気にはなったものの、そのままそっとしておいたのである。

翌朝、

「どう、元気？」

と様子を見に行くと、いちおうはこそこそっと逃げるものの、得意の、

「しゃーっ」

の声は小さくなってきた。しかしこちらから、しつこく抱いたりするのは避け、昨日と同じように静かにできるようにしてやった。

うちで世話はしているものの、探している本当の飼い主がいるかもしれない。私は近所の路地をうろうろと歩き回り、尋ねネコの貼り紙を探した。しかしどこにもそんな物はない。ほとんど体が汚れていないところを見ると、長いことうろうろとしていないような気がした。もしも飼い主がいたらと、私は子ネコに名前をつけず、自分ではっきり飼うことが決まったらつけようと思っていた。昨日と同じように静かに寝られるようにしておいた。友だちのネコは性格がよくて優しいので、閉まっている客間のドアの前で、私の顔を見上げて、

「にゃあ」

と鳴いたりする。

「今、寝てるからね」

そういって私は預かっているネコを膝の上に乗せ、

「いったい、どうしたもんかねえ」

とネコ相手に話をしていた。

だいたい、あのネコがいったいどこから来たのかが不思議である。高さ二メートルも

ある塀にどうやって上ったのか。ほとんど足の裏が汚れていなかったということは、地べたを踏んでいないということなのではないだろうか。そしてよりによって、連休中、みんなが旅行をしているときに、一人、仕事をしている私が見つけてしまった。ネコ好きの高校時代の友だちにこの話をしたら、

「連休中って、捨てネコが多いらしいわよ。旅行に行くときに、預けたりするのが面倒くさくなって、捨てちゃうんだって。姉が拾ったネコは、公園の木の上にいたのよ。箱がね、木の上の二股のところに置いてあったらしいわよ」

といった。とにかくネコは昔のように地べたに捨てられているのではなく、今は木の上にも塀の上にも、どこにでも置かれているのだというのだった。

このときも私は、自分でこの子ネコを飼うつもりはまだなかった。旅行にも行きにくくなるし、だいいち生き物は飼う気がない。実家に電話をすると、母親が、

「かわいそうにねえ」

とひとしきり子ネコに同情したあげく、

「うちは、もうだめだわ。とにかくおじさんがものすごく大きくなっちゃって。それが放し飼いになってるからねえ。子ネコも家の中を走り回るだろうし」

といった。頼みの綱だった実家に断られ、

「もういい、頼まない」

と電話を叩き切った。子ネコのほうも、人に飼われたいのか、そうでないのかがよくわからない。この時点では、子ネコと私は飼い主でも飼いネコでもない、曖昧な関係だった。

三日目、子ネコは私が手を伸ばすと、ごろごろと喉を鳴らし、顔をこすりつけてくる。みーみーと顔を見上げて鳴き、懸命に後を追うようになった。

「仕方ないか。これも縁だ」

ここで私ははじめて、このネコを飼うことに決めたのである。

動物を飼ったら、甘やかしてべったりになるかと想像していたのだが、あまりに自分が淡々としているので、我ながら驚いている。かわいさでいったら、友だちのネコのほうが責任がない分、ずっとかわいい。うちで飼うのだったら、ちゃんと教えなければならないことがあるから、ネコかわいがりするだけではどうにもならないのである。子ネコはあんなにしゃーしゃー鳴いていたのが嘘のように、我が物顔で家の中を猛スピードで走り回り、横っ飛びはするわ、ジャンプして私の体にはとびつくわ、本や雑誌はかじるわ、もう大騒動である。あまりに乱暴者なので、絶対にオスだと思っていたのに、獣医さんに連れていったら、メスだった。

最初は夜中に二時間おきに起こされるのが、いちばん困った。私は一度寝ると、朝まで起きない質《たち》だったからである。子ネコはごろごろと喉を鳴らしながら、私の顔面にちゅーちゅー吸い付いたり、体の上を走り回ったりした。今は明け方、一回だけに減ったものの、途中で起こされるのはやはり不愉快である。じゃれつくときも、どれくらいの力を出していいかわからないから、私の手は引っ掻き傷だらけで、毎日、流血している。ただ私が仕事をしている間や、出かけるときに、

「お留守番」

というと、後追いもせずに、自分のベッドにおとなしく寝ているので、その点だけは助かっている。

母親の話によると、子供のころの私は近所で有名な暴れん坊で手に負えず、心中しようと思ったくらいに苦労したらしい。私は子供を作るつもりはなかったので、自分はそんな目にはあうことがないと安心していたのに、この子ネコにやられている。

「因果応報」

私はこの言葉を今、かみしめているのである。

すっぽんぽんでマッサージ

私は若い頃は、肩凝りに悩まされていた。高校生のときから母親に、

「肩を揉んで」

と頼んで、

「ふざけるな。普通は親に揉んでやろうというものだ」

とすげなく断られ、弟にも拒否された。

「揉んでえ、揉んでえ」

といくらもだえても揉んでくれる人はなく、私は一人悲しく、おのれの肩を叩いたりしたものだった。そんなとき、家族で一泊旅行に行った先のみやげ物屋で、棒の先に青いゴム製の玉がついた肩叩き棒をみつけて、大喜びして買った。旅館の部屋で、にこにこしながらそれで肩を叩いている私に、家族は、

「若いのにそんな物を買って。ばばくさい」

と冷たい目を向けた。翌日も手から肩叩き棒を放さないのを見て、

「いい加減でやめなさい」

と母親に怒られた覚えがある。

肩凝りにいいといわれれば体操もしたし、逆立ちもした。そのときは治るけれども、また本を読んだりしていると肩が凝りはじめる。会社に勤めるとますますひどくなり、物書きになっても悩まされた。

そんなとき雑誌の広告で知ったのが、中山式快癒器であった。その形を見たとたん、子供のときに友だちの家で見た物と同じだと思いあたった。

「これなあに」

と聞いたら、友だちが、

「お父さんが毎日、使ってるの」

といっていた。そのときはそれ以上のことは聞かなかったが、不思議な形だけは覚えていた。私はすぐに注文した。そして家に届き、床の上に置いてその上に仰向けになって寝たとたん、

「ぐふーん」

と私の体はぐんにゃりしてしまったのである。背骨の横の凝っている部分に、丸い突起が当たると、

と声が出るほど気持ちがいい。微妙に当たる位置をずらせると、

「おーおーおー」

と思わず声が出てしまうくらい、気持ちがいい。指圧とマッサージをされているような気分になってきたのである。中山式快癒器は、私にとってはなくてはならない物になっていた。原稿を数枚書いてはその上に寝ころび、

「うううう」

とうなっていたのだ。

それからしばらくして、歯医者さんで歯のかみ合わせを調整してもらったら、症状が軽減してしまったので、快癒器は人にあげてしまった。

「揉んでえ、揉んでえ」

というようなことはなくなったのである。

この一人マッサージというべき、快癒器の話をしていたら、ある男性が、

「僕は小学校のころから使ってました」

という。実家にいたころは使っていたのだが、家を離れるようになると、まさか快癒器の上に寝ころぶためだけに、帰省するわけにもいかない。しかしあの気分のよさは忘れられない。そこで彼は木の板と、木製の半球を調達してきて、それをくっつけて快癒

器もどきをつくり、アパートでその上に寝ころんで、私と同じように、

「ううううー」

とうなっていたというのだ。

凝り症は凝り症を呼ぶのか、友だちのなかには、ひどい肩凝りで悩んでいる人が多い。彼女は私よりも三歳年上で、一度、触らせてもらったことがあるが、まるで鉄の板が肩に埋まっているのではないかというくらいの硬さだった。ちょっとやそっとの指の力では、ほぐせない。

「これはすごいね」

と驚いていたら、

「仕事をはじめてからずっとこうだから、当たり前になっちゃった」

という。旅先のホテルでマッサージを頼んでも、彼女の肩を触ったとたん、

（うっ）

と相手がびっくりする様子が伝わる。

「みんな一生懸命やってくれるんだけど、あまり一生懸命やられると、あとから揉み返しがくることがあってね。ぐったりすることもあるわ」

と淡々というのだった。

「でも、これはどうにかしたいと思うわ。プロだったら」

私は彼女の肩に手を置き、揉みながらいった。いくらやっても本当に金属の板を揉んでいるようで、こちらの手のほうが疲れてくる始末であった。

ひとまわり以上若い友だちの中にも、

「私も肩凝りがすごいの。中学生のころからマッサージをしてもらいに通ってたし、今でも地方に行ったら、ホテルでマッサージの人を呼んでもらうの」

という人がいる。私も当時、金銭的な余裕があったら、マッサージに通ったかもしれない。しかし肩凝りがひどいときに、地方でホテルに泊まったことはあるが、マッサージを頼んだ経験はない。どうも他人に体を触られることに抵抗があるのである。

たとえばエステに行っていたとき、フェイシャルというと、顔だけでなく首筋と胸まで入る。胸といっても乳まではなく、普通に世の中に見せてもいいラインまでである。ところが顔と首筋までならいいのだが、胸となると私はひどく緊張し、気分がいいとはいかなかった。

「ボディはいかがですか」

と勧められたりもしたのだが、ボディとなると薄い紙パンツだけをはいた以外は、すっぽんぽんであるという。とてもじゃないけど私には我慢できない状態であった。フェイシャルだけでも限界かなと思うのに、すっぽんぽんで胸だの尻だのをさすられるのは、ちょっと勘弁してほしい。

しかし経験者は、

「あれはいいですよ」

という。全身をマッサージされると、疲れもとれるし、すっきりするというのである。

「撫でるというよりも、揉み出すっていう感じなんですよ。お尻なんかぐいぐい揉み上げられるんですけどね。全身のリンパ液の流れもよくなるらしいですよ。肩凝りも一発で治ります」

話を聞いている分には、全身の体液の流れがスムーズに行き、マッサージは体によさそうではある。しかし、裸を触られるのは同性でも抵抗があるのだ。

特別、くすぐったがりでもないし、潔癖性でもないが、すっぽんぽんのマッサージだけはどうもだめだ。胴体を触られたら体中が硬くなって、よけいに全身が凝りそうな気がする。

「でも、男の人とつきあっているときは、その程度じゃすまないじゃない」

といわれる。たしかにそうだが、それは別なのである。どうして別なのかと突っ込まれると、何とも答えようがないのだが、相手が女性でもだめだ。つまり私の、他人に触られてもいいオーケーゾーンは、頭のてっぺんから肩までと、膝から爪先まで。それ以外は私が勝手に決めた不可侵区域なのである。

その話を知り合いの男性にすると、彼は真顔で、

「僕はすっぽんぽんで、おじさんにマッサージをしてもらったことがある」

といった。仕事で日本の反対側の国に行き、ハードな毎日で、へとへとに疲れてしまった。何とか取材が終わるめどもつき、ここでリフレッシュしなければと、町を歩いていた。マッサージをしてくれるところはないかと聞くと、ある人が店を教えてくれた。そこへ行き、

「マッサージ」

というと、ひげをはやしたたくましい受付のおじさんが、彼の頭のてっぺんから、爪先までをじっと眺め、

「うむ」

とうなずいた。そして個室に案内されたのである。

彼はシャワーを浴び、個室の台の上にパンツ一枚になって、うつぶせになっていた。取材中の疲れがどっと押し寄せてきて、ひきずりこまれるような眠気が襲ってきていた。しばらくするとドアが開いて、誰かが入ってきた。ふりかえるとやってきたのは、さっきの受付のおじさんであった。手にはビンとタオルを持っている。

「あのおじさんがマッサージもするのか」

と思いながらうつぶせになっていると、おじさんはビンからオイルをたらし、彼の肩から背中に塗りはじめた。

「うー」

とうなりながらされるがままになっていると、今度は太股から下にもオイルをたらして塗りはじめた。すでに彼のほうは眠気が徐々に襲ってきて、夢うつつの気持ちがいい状態になっていた。

「ああ、気持ちがいいなあ」

と思っていた瞬間、とんでもないことが起きた。おじさんがそーっと両手で彼のパンツを脱がしはじめたのである。彼がびっくりしていると、おじさんは何食わぬ顔をして、オイルをお尻にたらし、ていねいに塗っている。

（もしかして、これは、とってもやばいのでは……）

と思っていても、あまりに眠くて体を動かすことはできない。いったいどういうことになるんだろうかと必死に首を後ろに向けて見ていたら、何とおじさんも自分のパンツを脱ぎ、全裸で体の上にのしかかってきたではないか。こりゃだめだと、お尻の危機を察知した彼ではあったが、あまりの眠たさに体を起こすことができず、

「もう、何をされてもいいや」

とあきらめて、またうつぶせになってしまったというのであった。

彼のお尻は無事だった。そこではマッサージはすっぽんぽんでやるもので、おじさんがパンツを脱いだのは、オイルで汚れるのを防ぐためだったのだ。

「お尻の危機よりも、あのときは眠気のほうが勝っていた」

そう彼はいうのだ。

その彼から、とてもいいマッサージがあるので行かないかと誘われている。もともとはスポーツマッサージだそうだが、揉むというよりも撫でるといった感じのものらしい。

「とてもいいんですよ。もちろん服を着たままでいいし」

話を聞いていると、体がほぐれて本当に気持ちがよさそうだ。エステだと乳や尻も対象になるが、そのようなマッサージだと、緊張しないで済むかもしれない。

「中年になったら、別にどこが悪いというわけじゃなくても、マッサージをしてもらって、早めに体をほぐしたほうがいいですよ」

そういわれると、もっともだと思う。仕事に疲れて肩がちょっと凝ったとき、この着衣のスポーツマッサージの話を思いだしては、心が揺れ動いているのである。

前世占い大奥㊙物語

私の担当編集者のPさんが霊能関係にはまっていて、北に当たる霊能者がいると聞けばすっとんで行き、南にいると聞けば南に行く。私はそのあと、

「どうだった」

とたずねるのだが、彼女は、

「もう、すごいんです」

と弾丸のように話しはじめる。とにかく自分と彼の生年月日をいっただけなのに、彼の過去のことや彼女の過去をどんどん当てはじめ、同行した同僚の男性に対しては、

「変ねえ、どうしてあなたがここにいるのかわからないわ。外国にいるはずなのに」

と首をかしげたというのだ。同僚の男性は、全くそういうことを信じておらず、興味だけで彼女にくっついていった。しかしそういわれて驚いたらしい。実は本来ならば三日前から、海外に出張の予定が入っていたのだが、予定が変更になって、日本にいたの

だ。彼も結婚問題なども何もいわないのにどんどん当てられて、すっかりはまってしまったというのである。私はそんな話を、

「ふむふむ」

と聞いている。たしかにそういわれたのならば、驚くだろうなあということばかりなのである。

私の古くからの友人で、私が物書きになるきっかけを作ってくれた人が、今、占い師をやっている。彼女とはつきあいが古いので、毎年、

「今年はどういう年まわりなの」

と電話をして、注意事項を聞いたりする。昨年は、

「事故に注意」

だったのだが、今年の正月に、

「何事もなくてよかったねえ」

としみじみといわれた。ただ一度だけ、インドネシアの旅行をハワイに変更したけれど、

「それがよかったかもしれない」

ともいわれた。彼女は西洋占星術が専門なので、ホロスコープをもとに占う。私は自分で自分のことを考えると、ただ運がいいだけで生きてきた女という気がしている。も

ちろん、らくらく人生を歩んできたわけではないが、何だかとてもラッキーなのである。

その話をすると、彼女は、

「あなたはものすごい強運を持って生まれてきているのよ。私は何千人ものデータを持っているけれど、その中で三人しかいないほどの、強運なんだから。○○さんも、××さんも、△△さんも、（みなさん有名な作家である）こんな強運なんか持ってないのよ」

というのだ。だから私が、ちょっと困ったことがあって、

「どうしようかしら」

と相談すると、彼女はいつもげらげら笑いながら、

「あなたは大丈夫なんだから、心配なんかすることはないわよ。自分の思った通りのことをすればいいの」

という。だけど私は小心なところがあるので、

「生まれつき、運がいいからといって、傲慢になったり驕ったりすると、足元をすくわれるぞ」

と肝に銘じている。

「今の私があるのも、みなさまのおかげ」

と思うことにしているのである。

私はこれから先のことに関心はあるが、過去のことにはあまり興味がない。一時、私

の周囲では前世占いが流行り、若い人から年上の人まで、その霊能者のところに押し寄せたことがあった。ある女性はイスタンブールに住んでいた貿易商の息子で、いろいろな国に行っては、商売をしていたという。またメキシコ人の女性は、中近東の絨毯を織る織り子さんだったといわれたという。彼女はその地域の織物が大好きなので、驚いたといっていた。

若い人がそういっても、すぐに信じないのが私たちおばさんである。どうしてすぐにとびつかなかったかというと、料金がとても高価だったからである。若い人がおいそれと払える額ではない料金を取っている。おばさん連中には、

「それがあやしいわね」

ということになったのだ。おばさんたちのうち、一人が、

「行ってみる」

とその人のところに行った。カセットレコーダー持参でである。相手の承認を得て、前世とやらを観てもらったのだが、彼女はベトナム人の女性で、異母兄弟の兄を好きになり、意に染まない結婚をして、その結婚がうまくいかず、悲しみのあまり井戸に身を投げたというのである。彼女は戻ってきてから、首をかしげながら、

「その人はいろいろと話してくれたんだけど、昔、そんな映画を観たような気がするのよね」

というのだ。録音したテープを聞かせてもらった。その第一印象は、

「とてもボキャブラリーが貧困」

ということだった。霊能者の場合は、相性が大切らしいので、こちらが疑っていき、テープまで録音するといったから、うまくいかなかったのかもしれないが、おばさんたちは、

「うーむ」

とうなった。これくらいのことで、無邪気な若い者から、金を取っていいのかと、ちょっと頭にきた。

「これだったら、私たちにもできるかもしれないわね」

といいながら、いちおう彼の電話番号は聞いたが、その紙はいつの間にか捨ててしまい、前世の話は私たちの間では、語られることがなくなったのである。

Ｐさんの話を聞くと、彼女が観てもらったどの人も、料金が高くない。

「高い人はあやしい」

というのがこのごろささやかれている定説であるらしい。Ｐさんはあまりにあちらこちらに行きまくり、知り合いにその話をしまくったので、

「ぜひ、私をそこに連れていって」

と頼まれることが多くなった。また、はじめてのところに行くときに不安なので、場

慣れしている彼女についてきて欲しいという人もいるので、霊能者関係の事柄に、彼女はひっぱりだこなのだ。

先日行った霊能者は、やたらと元気のいいおばさんだった。ざっくばらんな人で、ぽんぽんと物をいう。ついていった人の前世について、あまりにおかしいことをいったので、Pさんがげらげら笑うと、おばさんがきっと彼女のほうを向き、じーっと見つめたかと思うと、頼みもしないのに、

「あなたは前世で大奥にいた」

といい放ったというのである。Pさんの脳裏に浮かんだのは、ビデオの大奥㊙物語であった。年配のお局《つぼね》様が、若い新入りの美しい娘に嫉妬をして、いじめたり裸にして折檻したり、またあるときは同性愛に走ったりする。

「私はあんな世界にいた人間なのか」

とPさんはびっくりした。前世におどろおどろしいものがあったら、それを現世にひきついでいるという可能性もある。彼女は思い当たるふしがあった。実は彼女はバツイチである。夫と離婚するときに、

「あんたが全面的に悪い」

と周囲の人にいわれたのが身にしみているのだ。

まだ結婚生活が破綻する前、夫が会社の同僚と、古墳の取材に行った。男性三人で行

ったのだが、

「ツタンカーメン王とか、古墳とか、昔からこういうところの写真を撮ったり、中に入ったりすると、祟りがあるっていいますよね」

とそのうちの一人がいった。ツタンカーメンやエジプトの王の墓を盗掘した人に、祟りがあったという話は聞いたことはあるが、それが確かかどうかはわからない。

「別におれたちは、悪いことをしてるんじゃなくて、仕事で来てるんだから平気なんじゃないのか」

といいながらその場を去った。ところがホテルの最寄り駅について、駅の階段を降りたとたん、そのなかでいちばん太っている男性が、

「うっ」

とうめいて動けなくなってしまった。どうしたのかと思ったら、階段を降りるときに、普通に歩いていたのに、足を骨折してしまったのだ。一瞬、「祟り」という文字が浮かんだが、彼がとても太っている人だったので、たまたまではないかということで落ち着いた。そして東京に戻ってきてから、もう一人も足を骨折してしまった。これでほとんど「祟り」ということになったが、Pさんの夫だけには何も起こらなかった。しかしのちに二人が離婚するのが決定的になったときに、

「いちばんものすごい祟りがあったのは、あいつだった」

といわれるようになったのである。

こういうことがあったので、Pさんは自分の前世について深い関心を持っていた。

「はあ？　大奥ですかあ？」

予想もつかないことをいわれたので、彼女が首をかしげていると、おばさんは深くうなずき、

「それも殿様の手つかずで。ずーっといた」

とこれまたきっぱりといい放った。こっちのほうの展開が面白くなったので、みんなで、Pさんの前世を聞いていると、彼女は殿様には相手にされなかったけれども、大奥の中ではアイドルで、とても女性たちに好かれていたという。

「それに投扇興の名手で、話もとっても面白くて、いつもあなたのまわりには、人が集まっていたの。手つかずだったけど、大奥ではとても楽しく暮らしたのよ」

おばさんは「手つかず」を強調し、Pさんもちょっとそこが気になったが、

「みんなに好かれていたんだから、ま、いいか」

と思うことにしたというのだ。

「大奥で殿様の寵愛を一身に受けたっていうのならわかりますけどね。手つかずだったけど、人気者だったっていうのは、今の私を象徴してるような気もします」

とPさんはうなずいていた。

「大奥に上がるのだって、不細工なのは最初っから選ばれないでしょ。基準以上の美人が集まるんだから、ひどくはなかったのよ」

と私は慰めた。

「でも結局は手つかずですからねえ。もしかしたら誰かが勝手に連れてきて、殿が私の顔をこっそり見て、『げげっ』となって、手つかずになったんじゃないでしょうかね」

彼女はそういって笑った。

こういう面白い前世なら観てもらってもいい。現世で関わりのある人とは、前世でも関係があった可能性が大きいという。もしも私が観てもらって、

「あなたはPさんが投げた扇の的でした」

といわれたら立場がないので、みんなの前世や祟り話を聞きながら、

「へえ、そう」

と楽しんでいるにとどめているのである。

三分間顔写真の衝撃

先日、パスポートが切れてしまいそうだったので、新しく申請することにした。二十歳のときにはじめてパスポートを持っていらい、二十四年経過して、四冊目の申請である。いちばん最初に申請したときは、わけがわからず、ただいわれるままに書類を集め、有楽町の交通会館まで行って、長い列に並んでいた。周囲はほとんど男性ばかりで、私と同じような若い女子学生など見なかったような気がする。おまけに窓口の人々がものすごく横柄で、高飛車に物をいう。隣の列に並んでいた年配の女性が、

「本当に腹が立つんだけどね、受け付けてもらえないとおしまいだから、じっと我慢してるのよ」

と連れの人と話をしていた。窓口の人はみな仏頂面で、我々が海外に行くのをとてもよく思っていないようにみえた。

幸い、私が並んだ窓口の男性は、無愛想ではあったが、文句もいわず、書類を受け付

けてくれた。やっとの思いでパスポートを手にしたときは、妙に感動したものであった。ところがそれから、パスポートの申請を受け付ける場所も増え、窓口の人も普通の応対になった。いちばん最初に申請したときは、海外に行けるチャンスなど、一生に一度だと思っていたし、

「申請するのにあんな思いをするのなら、一度でたくさんだ」

と思ったりした。それほど二十歳のときの、交通会館での不愉快な雰囲気は耐えられないものだった。

有効期限内に申請すると、集める書類が少なくてすむので、仕事の合間に申請に行くことにした。そのためにはまず写真を撮影に行かなければならない。行こう行こうと思いつつ、日が経ってしまい、あと五日でパスポートの期限が切れるところまで来てしまった。

「今日こそ写真を撮らねば」

その日は麻雀をして、朝、七時に帰ってきた日であった。午前八時前に寝たが、起きたのは十時半である。短い時間のわりには疲れた気もしなかったし、睡眠不足だとも思えなかったので、ふだんと比べると、一、二時間遅れで一日がはじまったような感じだった。

顔を洗い、着替えて朝御飯を食べ、仕事の前に写真を撮りに行った。面倒くさいので

化粧はせず、紺色のTシャツ姿で帽子をかぶり、外にでた。買い物ついでに大手スーパーマーケットに設置してある、三分間写真で撮影してしまおうと思ったのだ。帽子をとると髪の毛がぺったんこになっていたので、それを指でかき上げたりなでつけたりして適当に修正し、自分としてはいちばん感じがよくみえるだろうと思われる顔で、撮影を済ませた。外で待っていると、ぽとりと写真が落ちてきた。

「出てきた、出てきた」

と写真を見たとたん、私は愕然としてしまった。入国審査でこの写真が貼ってあるパスポートを見られたら、世界中、どこへ行っても、捕まってしまうのは間違いない、人相の悪い中年女が写っていたからである。

顔は疲れ、髪の毛もぼさぼさ、おまけに着ているのもTシャツなものだから貧乏くさく見え、絶対に何かやらかしそうな雰囲気が、写真から漂っていた。

「うーむ、さすがにこの年では、徹夜明けとノーメイクはカバーしきれなかったか……」

私は衝撃の写真を手に、しばらくその場を立ち去ることができなかった。

この話を友だちにしたら、

「図々しすぎる」

「とんでもない暴挙」

と非難囂々《ごうごう》だった。

「私なんか、きちっと化粧をして、着る物もちゃんとして、それで撮影しても、『えっ、私ってこんなだったの？』とびっくりするのよ。それを、同い年のあなたが、ノーメイクにTシャツだなんて……。ああ、恐ろしい。信じられない」

そういわれるのももっともだった。これまで四十三年生きてきて、いちばんすごい写真だったかもしれない。これを取っておいて、

「げへへ、すごい写真、見せてあげる」

とふざけるのも憚《はばか》られるくらい、すごかった。

私は家に戻り、

「うーむ」

とうなりながら、三分間写真を眺めた。そしてかつてプロフィール用にと、プロにヘアメイクをしてもらい、ちゃんとスタジオで撮影してもらった写真と並べてみると、我ながらとても同一人物とは思えなかった。文庫本に掲載されている、そのプロフィール用の写真を見た読者から、

「ずいぶん、昔と顔が違っているように見えるが、いったいどうしたのか」

という問い合わせの手紙が来たりしたが、さすがにプロの技術である。土台は全く変わらないのに、プロの技術によって、私の顔はああいうふうに写ったのである。で、そ

の土台はどういうものかというと、徹夜をしたとはいえ、三分間写真の中にいる、「貧困のなか、いけないものを運んで収入を得ている中年女」なのである。

「うーむ」

何度うなっても、どうなるものでもないのだが、私は深く反省した。

一昨年、母がパスポートを申請するとき、電話がかかってきた。ちゃんとした写真を撮ろうとして、パーマをかけたら、とんでもないことになってしまったという。

「どんなふうになったのさ」

「あのね、サイババみたいなの」

「……」

それでも私は、自分のことじゃないので、

「髪の毛がサイババになったくらい、どうってことないから、それで写真を撮ればいいじゃない」

と邪険に電話を切った。人にはきつくいえるが、自分が同じ立場になると、ひどくうろたえるものだということもわかった。

以前はノーメイクの顔と化粧をした顔の差はなかったが、年をとるにつれて差が出てくるようになった。手を加えるとそれなりの効果が出るようになった。でもそれがわかっていながら、面倒なのでやらない。

「その面倒がね！　いけないの！　何を考えてるの！」

夫婦二人で暮らしている同い年の友だちに怒られた。

「面倒は女の敵よ。若いときはそれで十分、ごまかしもきいたけどね、もうこれからは絶対にだめ。その写真があなたへの戒めなのよ。よーくわかったでしょ。それが辛いけどあなたの現実なのよ」

ごまかしきれないものが、顔に出てくるようになったのは間違いなかった。

うちの猫を拾ってきた直後、毎日、二時間おきに起こされて、私は約一か月の間、睡眠不足だった。そのときたまたま新しい本が出て、インタビューを受けた写真をあとから見たら、顔面がぼっろぼろだった。顔全体に、

「睡眠不足！　辛いの」

と浮き出ているようで、これにもびっくりしたのだ。

「あなたは結婚していないからいいけど、うちなんか、私が素顔で家でぼーっとしてると、だんなが、そばに来て、『あれ、うちの奥さんはどこ？　そのかわりに見知らぬおばちゃんがいる』っていうのよ。でも、そういわれてもしょうがないの」

だから友だちは、毎日、きちんと最低限の身だしなみは整えているというのである。

そういえば彼女の家に遊びに行くと、外に出るときに服を着替えなかった。私の場合、

外に出るときは、

「やっぱり着替えなくちゃまずいかな」

と思って着替える。しかしパスポートの写真を撮りに行ったときは、家からそのままの格好で出ていってしまった。ハリウッド・ランチマーケットのTシャツとチノパンでも、外に出るにはきつい年齢になってしまったのだ。

今まで、どんな顔をして写真に写っていたのかと、昔のパスポートを引っぱり出して眺めてみた。二十歳のときの写真は、肩までのおかっぱで、なんだか眠そうな顔をしている。その次に申請したのは、仕事でスペインに行ったときで、三十歳のときだった。このときは写真館のおじさんから、

「印象がよくなるように、緊張した顔よりもちょっと笑った感じの顔がいいですよ」

といわれたので、

「むふふふ」

というような顔で写っている。そのせいかどうかわからないが、スペイン入国のときには、ブースにいた審査官のおじさんに、

「アッハッハ」

と大声で笑われて、スムーズに通してもらった覚えがある。その次のパスポートは、髪の毛をショートにした直後でなじんでおらず、みんなに、

「少年アシベ」

といわれた写真が貼ってある。この写真だって、相当、見た人からは、げらげら笑われた。しかし少年アシベには確かに似ているが、悪いことをしそうには見えない。ところが、最新のパスポート用の写真は、

「運び屋の中年女」

だいたい若い頃は三分間写真で十分なのである。年をとったら、それなりに金をかけて補わなきゃいけないのに、面倒くさいからと、簡単に済まそうとした。順序が逆なのだ。とてもじゃないけど、パスポートにあの写真を十年間貼り続ける勇気はない。それどころかあれでは申請が許可されないかもしれない。私は写真館で撮り直す決意をした。

睡眠も十分、ふだんしない化粧もし、服も失礼にならないような衿のついた物を着て、近所の写真館に行った。翌日、出来上がった写真を見たら、さすがライティングカメラもプロ仕様だけあって、

「これならば、いいだろう」

という出来に仕上がっていた。これならば十年間貼り続ける気になる。また三分間写真と並べてみたが、何度見ても三分間写真はすごかった。

「同じ人物なのに、こうも違うのか」

私は自分の顔を見ながら、感心してしまった。たった二日ほどの差なのに、まるで姉

妹くらい年齢が違って見える。安心した私は、人生最悪の写真にハサミを入れ、細かく切って捨てた。今は、

「受け狙いで、取っておいたほうがよかったかな」

と思ったりするのだが、そのときはそんな勇気はこれっぽっちもなかった。

無事、パスポートの申請も済み、都庁まで受け取りに行った。赤い十年用のパスポートが手に入った。写真を見てやっぱりほっとした。ここに人相の悪い、

「運び屋の中年女」

の写真があるのとないのとじゃ、旅行をする気分も違う。このパスポートが切れる十年後は、もっと気合いをいれないといけないのだなと思いつつ、ま、とりあえずなんとかなってよかったと、私は胸をなで下ろしたのである。

サイクリングばあさん

私は子供のころは自転車が大好きだった。小学生のころは遊びに行くのにも、自転車がないと話にならないので、いつになったら自転車に乗る練習をしようかと、わくわくしていたものだった。補助輪がついた自転車は、ひどくかっこ悪くみえたので、とにかく自分の体に合う自転車よりも、ひとまわり大きいものに乗るのが、憧れだった。近所に住む同級生のお兄さんが、昔使っていた使わない自転車があるというので、それを借りて家の前の道路で練習した。舗装はされていたが、車がほとんど通らなかったので、車に轢かれる心配はなかったが、そのかわりにどれだけ道路わきのドブに落ちたかわからない。ドブといっても深さが三十センチ足らずだから、前輪でつっこんでひっくりかえるとか、ドブの縁に向こうずねをしこたまぶつけて泣きそうになるとか、その程度のものであったが、どうしてこんなに転ぶのかというくらい、転びまくったのである。

最初は母親が後ろについて両手で自転車をささえ、私がペダルをこぐのと同時に手を放す方式でやっていた。後ろを振り返る余裕など全くないから、ただ目をかーっと見開いて、ペダルをこぐだけである。背後からは、

「もたもたこいでると、よけい転ぶよ。ペダルを早くこぎなさい。あーあー、ほらほらちゃんとハンドルを持って、あーあー、ドブがー、ドブー！」

とめちゃくちゃうるさい声がする。こっちだってわかっているのに大声を出すから、よけい緊張する。転ぶのは痛いしかっこ悪いから、絶対に避けようとしているのに、はっとした瞬間によろめいて、すてーんとひっくり返るのだった。

すると母親は、

「はい、もう一度。ハンドルがふらふらしてるから、転んだのよ」

と鬼コーチのように、やる気まんまんなのである。学生時代、テニスと陸上をやっていたので、娘が上手に自転車に乗れないのがはがゆいらしく、

「見てなさい」

といって、自転車にまたがって見本をみせる。

「肩に力が入りすぎてるのよ。もっと楽にすればいいの」

とても偉そうな母親を見て、私は非常に不愉快で、

「あっちに行って。私一人でやる」

と宣言した。それを聞いた母親は、

「せっかく早く乗れるようにしてあげようと思ったのに……」

とぶつぶついいながらも、家の中に入っていった。

それからは一人で特訓である。ペダルをこいで自転車が走り出し、いい調子だと思ったとたんに、ハンドルがくねっとなってひっくり返る。そのたびに生け垣に突っ込んだり、ドブにはまったり大変な騒ぎであった。笑い声がするので振り返ると、運悪く、世の中でいちばんそういう姿を見られたくない、同級生のお調子者の男の子が自転車にまたがっていたりする。

「へへへ、転んでやがんの」

明日、学校に行ったら、

「あいつ、自転車の練習をしてて、転んでたんだぜ」

と私が転んだ格好を真似して、笑い者にするに違いない。

「あんただって、最初は転んだくせに」

そういうと彼は、

「おれは転んだりなんかしないもん。最初っからちゃーんと乗れたもーん」

といいながら、すいすいと自転車をこいで走っていってしまった。このまま自転車を乗れずに終わったら、屈辱以外の何ものでもない。

いる。

「よしっ、絶対に乗れるようになってやる」

と心に固く決めて、ぐいっとペダルをこいでは、ドブに突っ込んでいたのであった。女性で大人になっても自転車が乗れないという人は結構多い。私の友だちにも数多くいる。

「小学生のときに、乗る練習をしなかったの」

と聞いたら、

「だって自転車を使うことなんて、なかったもの」

という。それを聞いて私はなるほどと納得した。自転車に乗る理由がなければ練習などしない。私は自転車に乗らなければならない理由があった。乗れないと友だちと遊びに行けなかったからである。

小学生の低学年のとき、私の友だちのほとんどは、男の子だった。もちろん女の子もいたが、女の子との遊びは、家の中で遊ぶか、せいぜい歩いていける範囲の野原で、クローバーの花をつんだりするくらいだった。ところが男の子と一緒に遊ぶとなると、自転車に乗れなければならない。クワガタを採りに行くのも、赤土の山と大きな土管が置いてある戦争ごっこの現場に行くのも、自転車に乗れないとどうしようもない。私は彼らとの友人関係を壊さないために、自転車に乗らなければならないのであった。女の子と遊んでいると、急にわがままをいって身をよじったり、泣いたり、甘えたりするので、うんざりすることがよくあった。男の子だったら、腹が立ったらぶったり蹴ったりできるけど、女の子をそうするわけにはいかず、そういう場面にでくわすと、私は、

「うーむ」

とうなって不愉快になった。何とか機嫌を直してもらおうと、おべんちゃらをいう子もいたりして、ますます腹が立った。おべんちゃらをいう子と、それをいわれたくていつまでも泣いている子。見ているとうんざりしてきて、私は持ってきたバービーちゃんとお洋服を袋にいれて、

「帰る」

と後も見ずに帰ってきたことが何度もあった。しかし男の子と一緒だとそういうことがない。別に大事にもされないし、おべっかも使われないのだが、適当に放っておいてくれるので、自分のやりたいようにできた。

「一緒に来たければ、ついてくればいいじゃないか」

というのが男の子で、女の子は、

「いつも何があっても私たちは仲よし」

が根底にあった。とにかくぴーぴー泣かれるのには閉口し、私はだんだん女の子とは遊ばなくなっていった。それと同時に自転車に乗らねばならないという義務が生じたの

である。

その話をしたら、友だちは、

「男の子となんかと遊ばなかったもん。歩いていけるところしか行かなかったし。でもあなたみたいな女の子はたしかにいたわよ。男の子のなかにまじっても、違和感のない子が」

といった。ドブに突っ込み、膝を何百回とすりむいたおかげで、自転車には乗れるようになった。しかしさすがに、五、六年生になると男の子にはついていけなくなり、私は自転車をこいでは女の子の家に遊びにいったり、行ったことのない道をずんずん走っていったりした。とにかく自転車に乗らない日は皆無であった。

それ以降は自転車に乗った記憶はない。実家を出て一人暮らしをはじめたときに、自転車を買って乗ったりはしていたが、歩いたほうが便利なので、一年ほど乗ったけれど人にあげてしまった。自転車であってもどこでも止めるわけにはいかず、出先で駐輪場を見つけるのが面倒になったことと、ある程度の距離なら歩いてしまうし、そうでなければ電車やバスに乗れば用が足りてしまったからだ。

そして今から数年前、沖縄のある島に行ったときに、レンタサイクルを借りた。久しぶりの自転車だった。もちろん乗るには苦労をしなかったが、路地から路地を走り回っていたとき、下り坂で予想以上に加速度がつき、ブレーキのかけ加減を間違えて塀に激突したのであった。私は愕然とした。

「知らず知らずのうちに、こんなに運動神経と反応が鈍くなっているのだ」

とがっくりした。どこも怪我はしなかったが、

「どうしてあんなことになったんだ」

とそのときのことを思い出しては、自分自身に腹を立てていた。昔は自転車に乗れずに転んでいたが、自転車に乗れるようになったのに転ぶ。私はこのことがとてもショックだった。

車ではなく歩いていけるところは歩いていく。往復二時間半から三時間くらいまでだったら平気である。運転免許を取ろうかと思ったこともあったが、車を所有したり維持したりするのが面倒なのでやめた。別に今住んでいるところはどこへ行くにも不自由はないので、よく考えれば車は必要がないのである。

そしてついこの間、母親から電話がかかってきた。何かと思ったら、

「昨日ねえ、自転車に乗ってたら、カーブを曲がりそこねて転んじゃって、膝をすりむいちゃった、あっはっは」

と笑っている。都下にある実家の周辺は、近所に商店街がないので、車が必需品になっている。弟は学生時代から自転車小僧で、サイクリングなどにも行っていたが、引っ越してからは私に半額を出資させて車を買い、乗るようになった。母親にも、

「免許を取ったらどう」

といったらしいが、彼女は、

「ばあさんに何ということをいうのか」

と相手にしていなかった。母親はふだんの買い物は、運動がてら二、三十分歩いていっていたらしい。

「あんなへたくそな運転の車に乗れるか」

といって弟の運転する車には乗ろうとしないのである。それでも買い物が増えると帰りがしんどい。すると弟が、

「じゃあ、僕の自転車に乗ればいいじゃない」

といって、学生時代に自分が組立てた、プジョーの自転車を母親に譲った。もちろんママチャリではなく、本格的サイクリング用のスポーツタイプである。ツール・ド・フランスでもあるまいに、六十七歳の母親は、それに乗って買い物をしていたのである。前傾姿勢になって、プジョーのサイクリング用の自転車に乗っていたというのが、ものすごく怖い。都市伝説で「走るおばあさん」というのがあるらしいが、私の頭に浮かんだのは、我が母のそんな姿であった。

「ママチャリにしなさい！　ママチャリに！」

私が怒ると、

「そうなの。やっぱりああいうかっこいい自転車はだめだった」

と彼女はいう。弟に自分の自転車を使えといわれた時点で、

「そんなの無理よ」

となぜ断らなかったのかと考えると、そら恐ろしくなる。

転倒事件以来、母親はママチャリを購入し、前傾姿勢になることもなく、買い物に走っている。私は塀の激突事故を思いだすと、自転車に乗る自信がない。このままでいくとうちの母親は腰が曲がってもママチャリで疾走しそうであるが、私はよっぽどのことがない限り、もう自転車には乗らないだろうと思っている。

狂乱のカラオケ大会

最近は仕事に追われてしまって、ほとんど外出する機会がなかった。外出するのは本を探しに行くとか、月に一、二回の麻雀くらいのものだ。それも行きつけの書店や雀荘を往復するだけで、街をふらふらと歩くことはない。麻雀は室内でじーっと座って打っているし、酒も飲まないので、夜の街がどうなっているか知る由もなかった。

ところが先日、友だちの誕生日を祝う小さな会があった。女性ばかり七人が集まり、彼女の四十六歳の誕生日をお祝いしつつ、食事をしようということになったのである。

「場所はね、六本木の和食屋さんだから」

そういわれて私は、ちょっと興奮した。

「夜の六本木なんて、もう何年も行ってないからどうしよう」

思わずつぶやいて笑われてしまった。生活が昼型で、夜は会食か麻雀以外は出歩かないので、夜出かけるとなると、ものすごく興奮してしまう。慣れてないものだから、夜の街には悪い人が山のようにいるのではないかと思ったりする。

「ぼーっとしててはいけないわ。バッグは肌身離さず、しっかり前を向いて歩かなければ」

六本木の夜対策を自分なりに考えながら、私はうれしさと緊張の日々を過ごしていたのだ。

会に集まったのはみなそれぞれ仕事を持っている人ばかりである。下は三十三歳から上は四十七歳まで。子供がいる人は二人である。その二人はテレビ関係の仕事をしているのだが、あんな不規則な生活のなか、結婚はともかく出産をして子育てをしてと考えると、いったいどのような大変な毎日を送っているのか、想像もつかない。

半年ほど前に子ネコを拾ってから、私はネコと同居しているが、拾った直後は、

「ネコでさえこんなに大変なのに、人間の子供だったら、どんなことになるのか」

とため息をついていた。ネコはトイレはすぐに覚えるし、おもちゃを欲しいともいわないし、学校に通わせる必要もない。それに人間の赤ん坊よりは、はるかに丈夫だろう。走り回って壁に顔面をぶつけても、ぎゃーぎゃーと泣きわめくこともなく、ぺろっとなめておしまい。それなのに、子ネコのときは大変だった。目を輝かせてマンションのベランダから下に飛び降りようとする。台所に置いておいた皿の上に座っている。トイレットペーパーにとびついて、びりびりに破いてしまう。片時も目が離せない。私の場合

は、相手がネコだからまだいいが、仕事をしながら子供を産んだ女の人たちは、いったいどうやって過ごしてきたのかと、不思議でならなかった。

子供がいると、仕事とは別の喜びを味わうことができるだろう。子供がいない立場からすると、そのことが働く女性の精神衛生上、心のよりどころとなるような、重要な部分をしめていると考えていたのだが、彼女のうちの一人は、

「自殺したいと思ったことなんて、しょっちゅうありますよ」

といっていた。それを聞いた私を含めた独身者は、

「へえ」

とびっくりしたものだった。自分ですべて番組を取り仕切り、会社でも役員クラス。夫との仲も問題がなく、子育てを手伝ってくれる人もいる。

「何不自由ないじゃないか」

と傍目には見えるのに、本人はそうではない。

「子供がいるお母さんっていう立場の彼女でも、ああいうことを考えるんだから、私たちが『仕事をやめてリタイアしたい』なんて思うことなんて、当たり前なのね」

独身者はそう話し合った。

誕生会の料理はおいしく、ああだこうだと雑談をしていると、スタイリストの友人が、ここ二週間で、イタリア、日本、台湾、日本、ハワイ、日本と移動していたというので

びっくりした。「世界を股にかけるスタイリスト」と、みんなでからかった。女七人がいると、それぞれの業界の噂話がはじまる。個室でも最初は小声ではじめるのであるが、だんだん盛り上がってくると、大声になってしまい実名もばんばん出てくる。そしてみな、はっと我に返る。ここは六本木である。どこで誰が聞いているかわからない。お店の女性に、

「大丈夫ですか」

と小声で聞くと、

「はい、大丈夫ですよ」

とにこやかにいわれ、一同、ほっと胸を撫で下ろしたりもした。

食事も終わり、さてどうするかと話しているうちに、カラオケでも行くかと話がまとまった。私は麻雀をはじめてから、数えるほどしかカラオケには行っていない。最近では友だちの誕生会のあとに、なだれこむというのがパターンになっている。外に出て歩いているうちに、ジャニーズ事務所の前を通り、特別な意味はないが、

「わあ、ジャニーズ事務所だあ」

と大騒ぎをした。私が想像していた夜の六本木よりは、はるかに人出が少ない。歩道に女の子が立って、呼び込みをしている。彼女たちの言葉を聞いて、自分の耳を疑った。

「ナマ乳、揉み放題、いかがですかあ」

といいながら、店の女の子の写真を持って、客を引いているのだ。私は隣を歩いていた友だちに、

「ねえ、揉み放題っていってた？　それとも飲み放題？」

と確認した。彼女は、

「揉み放題っていってた」

という。揉み放題でも飲み放題でも、ナマ乳はナマ乳である。時間はまだ九時半だ。

「こういう状況になっているのか」

と私は驚いた。詳しくは知らないが、以前は、男性が客引きをしていて、女の子たちは外には出なかったのではないか。女の子のそばには店の従業員らしい男性もいたが、ひとこともいわずに、そばでぼーっと立っているだけ。

(何から何まで女の子にやらして何だ！　こういうことは男がちゃんとやらなきゃだめじゃないか)

ちょっと私はむっとした。もしかしたらこういう店も不況で、生の女の子を外に出したほうが男性の目を引きやすいと思ったのかもしれないが、あれでは女の子がかわいそうだった。

「ものすごいことになっているのね」

友だちとこそこそと話をしながら、カラオケボックスに行くと、すぐ中に入ることが

できた。週末の夜、以前だったら一時間待ち、二時間待ちなどといわれたのに、ここでも不況の風が吹いているようだった。お店の人もとても低姿勢で、女の子も男の子もホストのようにひざまずいて飲み物を出す。

「ふーむ、なるほど」

私は感心して見ていた。曲名リストも私がひんぱんにカラオケをやっていたころよりも、ぶ厚くなっている。

「はい、みんな歌ってね」

年長者の一人が勝手に曲をインプットしている。

「この人はね、シャンソンが専門なのよ」

そういわれたのは、テレビ関係の仕事をしている四十七歳である。「ろくでなし」のイントロが聞こえると、彼女はマイクを持って前に出てきた。そして黒い上着を脱いだ。そのとたん、一同は、

「うわあ」

とびっくりした。チャイナカラーのジャケットの下はノースリーブのワンピースにネックレスをしていて、

「衣裳を着てきたあ」

と大騒ぎになった。そんな騒ぎにも彼女は動じることなく、ワイングラスを片手に、

まるでワンマンショーのように「ろくでなし」「サントワマミー」を歌い上げた。席に戻ると彼女は、

「仕事でね、堀口大学や里見弴に会ったことがあるの。弴ちゃんはとってもかわいかったの」

という。私は彼らの名前を聞いて驚き、

「わあ、すごい。じゃあ、田山花袋や二葉亭四迷にも会ったことある？」

などとものすごく間抜けなことを聞いてしまい、大笑いされた。

私はまず「アジアの純真」を歌って自分の気分を盛り上げた。

「誰か天童よしみを歌える人はいないの」

といわれたので、

「いなかっぺ大将の、大ちゃんかぞえ歌なら歌えます！」

と手を挙げて歌った。お酒を飲む人は飲み、徐々に場は盛り上がってきた。飲めない私はもちろん素面《しらふ》である。ある人は得意技の「ユーミン・オン・ステージ」を披露し、あまりのすごさに一同を驚嘆させた。まさにそれは「芸」であった。またある人は踊り付きで、ひみつのアッコちゃんの「スキスキソング」を歌った。衣裳まで着用に及んだ彼女は、

「ラルクアンシエルかＧＬＡＹを歌いたーい」

と曲名リストを見ていたが、

「やっぱり、よくわかんない」

とあきらめたようだった。その間にも、唐突に「青い背広で」を歌う者あり、橋幸夫の「チェッチェッチェッ」「恋のメキシカンロック」を歌う者あり、もうごっちゃごちゃになっていた。

そんななかで、世界を股にかける美人スタイリストは、

「これからはテレサ・テンタイム」

と仕切って、「つぐない」「空港」をしっとりと歌いはじめる。ところがそれを聞いて、

「いつまでもそんな歌を歌ってるから、あんたは結婚できないのよ」

と暴れ出す者も出てきた。それでも当人は知らんぷりで、テレサ・テンにのめりこんでいた。

一方、すでにそういう歌にすら興味がなくなった者たちは、

「やっぱり、クレージーキャッツよね」

と、クレージーメドレーを歌いはじめる。当然、この中には私もまじっている。

「このころの青島幸男はすごかったわよねえ」

といいながら、年長者はかわりばんこにマイクを握った。私はその間、両手は平泳ぎ、下半身はツーステップでそこいらへんを歩きまわり、マイクのコードにけっつまずいて、

助け起こされたりした。

何度も延長を繰り返し、終わったのは二時前だった。

「はーっ」

どういうわけだか、みんな同時にため息をついた。

「私たち、こわれてるね」

「うん、こわれてる」

「明日は？」

「午前中から仕事」

「私は京都に出張」

「あさってから、バリ島でロケなの」

みんな今までの狂乱が嘘のように、おとなしく外に出た。ナマ乳揉み放題の女の子ももういなかった。深夜、働く中年の女たちは、

「じゃあ、またね」

といいながら、少し気分を晴らして、それぞれの家に帰ったのであった。

試験問題の悪夢と正夢

未だに私は試験のときの夢を見る。夢というものは毎晩見ていて、見ないのではなく忘れているだけだという話を読んだことがあるが、それを裏付けるかのように、最近の私は見た夢をほとんど覚えていない。物忘れが激しくなったからだけれど、試験のときの夢は違う。朝、目が覚めて、いやーな気分になるくらい、はっきりと覚えているのである。

試験の夢を見るのは、たいてい仕事に追われているときだ。書き下ろしのぎりぎりの締め切りが迫っているときは、毎晩、毎晩、見た。夢の中の私は高校生で、その試験の場面を見ている傍観者の私がいる。高校生の私は、実際の私とは顔が違っていた。周囲に座っているのは詰め襟の男の子ばかりで、これまで会った記憶が全くない人ばかりである。監督の中年の男の先生は、試験中だというのに、

「お前たち、この試験で六十点以上採らないと、落第だからな」

と脅し続ける。この先生も知らない人だ。でも夢の中の私は、顔も上げずに必死に鉛筆を動かしている。それを見ている私が、

「できるのかしら、できないのかしら」

とどきどきしている。すると問題を解いていた隣の席の男の子が、にっこり笑って解答用紙を裏返した。満足そうな表情からすると、全部できたらしい。それを見た傍観者である私はあせり、顔を上げることもなく、うつむき続けている高校生の私に向かって、

（がんばれ、私）

と心の中で声援を送っている。すると必死に問題を解いている私が顔を上げた。明らかに、

「できません！」

という表情である。傍観者の私はたらーっと汗が流れてきた。高校生の私は、苦悩の表情を浮かべ、天井を仰いだり、ため息をついたり、頭を搔いたりと落ち着きがない。ちょっぴり不安というのではなく、あきらかにできないのがわかる表情なのである。

（どうしたらいいのだ）

傍観者の私はものすごくあせり、おろおろしている。しかしそれが高校生のほうに伝わるわけもなく、彼女は何度もため息をつき、がっくりと肩を落とした。ところが周囲の男の子たちは、みな、にこにこ笑いながら、次々に解答用紙を裏返している。難渋し

ているのは私だけである。すると先生が、

「できなきゃだめだぞ。できたか、できたか。できなきゃ落第だぁ」

と何度も叱咤する。それを聞くたびに傍観者の私はどきどきし、手に汗を握り、

「ああ、もう、いったいどうしたらいいのかしら」

と身をよじる。そして、はっと目が覚めるのである。

こんな夢を連日、真夏に見た私は、本当に不愉快だった。ただでさえ暑くて寝苦しいのに、思い出したくもない学生時代の状況を思い出して、妙な脂汗をかいていた。仕事ははかどらないし、こんな夢は見るし、夏場はものすごく機嫌が悪かった。しかしこの夢は、書き下ろしの原稿を渡したとたんにぱたっと見なくなり、夢の中でどきどきすることもなくなった。このようなハードな試験の夢はそれ以来見ないけれど、ただ試験ができないという夢はたまに見る。学校を卒業して、二十年以上たったというのに、未だにこんな夢を見るなんて、よっぽど試験というのが私にとって、いやな出来事だったのに違いない。だから資格を取るのが好きな人、免許を取るのが好きな人は信じられない。学生ではない立場になって、やっと試験から解放されたのに、それをまたやるというのは、よっぽどの根性がないとできない。私が運転免許を取るのをしぶっているのも、適性に不安があることもあるが、学科試験があるのがいやだからだ。試験に慣れている学生時代だったらばよかったが、この歳になって試験を受けるのは本当にいやだ。

「こんなことなら、学生時代に運転免許を取っておけばよかった」

と心から悔やんでいる。社会人であるのは辛いから、学生時代に戻りたいという人がいるが、私は絶対にいやだ。あの当たり前に試験がある毎日には、絶対に戻りたくないのである。

最近、私の書いた文章が、入学試験や問題集に使われることが多くなった。最初にその承諾書が送られてきたとき、私はびっくりした。

「どうして？」

というのが率直な感想であった。入学試験というのは大切な物である。それで人生が変わってしまうことだってある。そんなときに、何の役にも立たない、お間抜けな私の文章が使われていいんだろうかと不安になったのである。

大学を受験するとき、私の第一志望は成城大学だった。滑り止めは武蔵大学。成城大学は無理でも、武蔵大学には簡単に入れると思っていたのである。最初に試験があったのは武蔵大学で、ちょろいと思っていたのに試験は意外に難しく、私が全くチェックしていなかった高松塚古墳について出題されて、四苦八苦した。

「これはやばいかも……」

と思いながら、第一志望の成城大学を受験した。私の場合、国語で点数を稼いでおかないと、あとが不安であった。ところが問題を見たとたん、私はすーっと血の気が引き

そうになった。出題されたのは、小林秀雄と亀井勝一郎の評論だった。受験する前に私は、

「小林秀雄と亀井勝一郎以外だったら、何とかなると思うわ」

と友だちに話していて、よりによってお二人がタッグを組んで出てきたので、私はびっくり仰天してしまったのである。

「こりゃ、だめだ」

私は観念した。全くやる気がなくなり、どう解答したのかも記憶にないが、鉛筆を転がして適当に欄を埋めたのではないだろうか。

当然の如く試験には落ちた。不合格電報を持ってきた電話局員には、

「住所をちゃんと書いてなかった」

と怒られてさんざんだった。その後、高校でやった漢文のテストとそっくり同じ問題が出たのと、ものすごく簡単な英語の試験と、適当に書いた論文のおかげで、受験しようとは全く考えてなかった学校に拾ってもらったが、小林秀雄、亀井勝一郎という名前を見ると、私は校門の前でタッグを組んで入学を阻止されたような記憶がよみがえってくるのである。

まだこのお二人の文章で不合格になっても、仕方がないとあきらめられる。高尚な文章を理解できない私の頭がよくないからである。ところが、私の文章で不合格になった

としたら、どんなにショックなことだろうか。もちろん長文は一問だけではなく、難問と私の文章のようなラッキー問題の合わせ技でテストは作られているはずだ。すべて私の責任ではないが、三分の一から半分の責任はあるだろう。たまたま私の文章が載った試験を受けた学生さんたちには、申し訳ない限りである。

先日も国語の問題集への再録願いが送られてきた。以前、「文藝春秋」で連載していたエッセイをまとめた、『猫《ねこ》と海鞘《ほや》』から出題されたものだという。同封されているゲラを見ると、それは国士舘大学の政経学部で出題されていた。

「平成九年に、国士舘大学政経学部を受験されたみなさん、ご迷惑をおかけしました」

と心からいいたくなった。私は自分の書いた文章を自分で解答してみようと、問題を解いてみることにした。文章の内容は、私の両親に関する内容である。

子供のころから両親の仲が悪かった私は、小学生のときに、親たちの夫婦喧嘩について、友だちにリサーチをする。

「なかには、

『お父さんとお母さんが殴りあって、たいてい、お母さんが勝つ』

といいだす子もいて、

『A』

と感心した覚えがある。」

このように文中のところどころに空欄があり、あとの言葉から選んで空欄をうめるようにと指示があるのだ。私はAには、「どの家もなかなかすごいなあ」を選んだ。

母親は嫁入りのときに持ってきたアルバムを開き、かつて自分が好きだった男性の写真を私に見せて、どっちがお父さんだったらよかったかとたずねる。私は自分の顔立ちにも納得しておらず、悩みの原因はすべて父親にあると考えていた。私は迷わず写真の男性を指さす。それを受けて文中の、

「私は母のためにも、自分のためにも、父がどこかに行ってくれないかと願っていた。」

という行に傍線が引かれ、なぜそのように願っていたか、理由として適当なものを一つ選べとある。

「父さえいなくなれば、すべて問題は解決すると思ったから」

「父を追い出して、母が好きだったあの男性に、お父さんになってもらうのが、一番いいことに気がついたから」

「父にしても、母と衝突しているより、家の外で絵を描いたほうがいい仕事ができるにちがいないと思われたから」

「母と私の二人だけの生活になれば、もっと平和で楽しい家庭生活が送れるような気がしたから」

ここまではよろしい。子供のうつろう心を表した微妙な選択肢である。ところがその

中に、

「これ以上美人になれるわけはないし、いまさらくよくよ悩んでみてもはじまらないと悟るようになったから」

というのが並んでいるではないか。

「何だ、こりゃ」

とつぶやいたあと、ちょっとむっとした。

父親は私が生まれたときに、出生届をなかなか出さなかった。

「父はできれば、子供を産んだ母を捨てて知らんぷりをしたかった。だから私の出生届をいつまでも出さなかったに違いないのだ。

『G』

これが男としての態度であろうか。」

このGに補う言葉を四字以上、六字以内で書かなければならない。私はうなった。自分で何を書いたかはまるっきり忘れている。考えに考えたあげくの解答は、

「ふざけんな」

である。自分で書いた文章なのに、こんなに悩むとは思わなかった。解答はついていないので、本をあたって調べるしかない。まずAであるが、これは大当たりである。そしてGの正解は、「何という奴だ」であった。これはシビアな入学試験であったら、×

であろう。結局、十問のうち、正解は九問。著者としてはやはり全問正解でないと、まずいんではないだろうか。私は受験生の皆様に、

「書いた本人も全問正解できなかった問題におつき合いいただいて、本当に申し訳ありませんでした」

と心からあやまった。

足裏もみもみ極楽行き

久々に足裏マッサージ（リフレクソロジー）に行った。開店当初、その店には友だちが行っていて、

「なかなかよかったわよ」

と聞いていたので、行く気にはなっていたのだが、時間が取れずに、とうとう年末になってしまったのである。

整体、マッサージ、リフレクソロジーなどは、行った人に聞いてみないと、雑誌の紹介記事だけでは行く気にならない。特に施術する相手が男性だと、すごく気になる。それが女性でも体を触られるということは、相性があると思うし、それが男性となるともっと緊張する。なかにはあやしげなおやじがいたりして、当惑したという話も聞くのである。

それは脚のむくみをとるマッサージだったらしいのであるが、膝下だけではなく、脚

の付け根からマッサージをするというものであったらしい。いろいろとマッサージをしてもらうなかで、起こりうる状況を想像して、女性はそのとき着る服を考えるのだけれど、夏場だったのでマッサージ希望の若い女性は、ショートパンツに穿き替えた。ショートパンツで不都合なマッサージなんかないだろうと考えたからである。ところがそのおやじは、ショートパンツで横たわる彼女を見たとたん、急に不機嫌になり、

「何だこれは。これだと脚のつけ根のラインがわからないから、ハイレグを穿いてこい」

などとわけのわからないことをいい、彼女はいったい何をされるのかと、不安でたまらなかったというのだ。

そういう話を聞くと、若い女性ではない私でも、

「やだわ」

と顔をしかめたくなる。もしも私が同じ姿で横たわったとしても、おやじはハイレグではなくてもぶつぶついわなかったかもしれない。相手がおばさんであること自体が彼にとっての不満で、それが、ハイレグだろうがショートパンツだろうが、知ったこっちゃないというに違いない。若い女性にならば、

「ハイレグを穿いてこい」

とはいうが、おばさんに同じことをいうおやじがいるとは、とてもじゃないけど思え

ないからだ。しかしこういう性質のおやじにマッサージをしてもらうのはいやだ。自分が気持ちよくなるというよりも、相手を気持ちよくさせているような気がするからである。若い女性は特に気を付けなければいけないポイントであろう。

足裏のリフレクソロジーは、私の場合は、相手が男性であっても女性であってもかまわない。ただ上手か下手かということだけが問題になる。四年ほど前、香港でリフレクソロジーをやってもらったときは、弱っているところが痛くて、ベッドに横たわりながら、じーっと痛みに耐えていた。リフレクソロジーにはイギリス式と台湾式があり、台湾式のほうが痛いという。香港での店はイギリス式だというので、痛くないはずなのだが、それでもぐいぐいと押されて痛かった。台湾式では棒でぐいぐいと押しまくられることもあって、男性が椅子から転げ落ちるくらいの痛みがあるという。

私は、

「イギリス式であれだけ痛いのだから、私の体は相当に疲れているのだろう」

と思った。終わったときには、目から一筋の涙が流れているといった状況であったが、ミネラルウォーターを飲み、トイレに行ったあとは、身長が五センチ伸び、私のちっこい目もかっと見開いたような、すっきり度だった。

「痛みを我慢した甲斐があった」

とつくづく思った。

今回の店もイギリス式である。まず店に入ると、リフレクソロジストの若い女性たちが迎えてくれる。カーテンで仕切られている個室に入り、膝上のスウェット素材のショートパンツに穿き替える。リクライニングシートの椅子に座っていると、担当者がハーブオイルが入ったフットバスを持ってきてくれ、そこに足をひたしてじっとしている。首の後ろには枕を当ててもらい、首と足からほかほかしてきて、緊張した体がほぐれるようだった。フットバスで温めた足を拭き、パウダーをつけて、マッサージがはじまった。

「以前、リフレクソロジーに行かれたことはありますか」

と聞かれた。

「四年前に香港で。でも痛かったんです。イギリス式のところだったんですけれど」

「もしかしたらそれは、少し台湾式も入っているかもしれませんね。台湾式は老廃物が溜まっているところをつぶすという考え方なのですが、イギリス式は流すという感覚です」

といっていた。たしかに香港では、

「つぶす」

といっていた。足裏のこりっとしているところを、ぐいぐいと押してつぶしていたのである。

「そうですか、だから痛かったんですね」

と私は納得して、されるがままになっていた。

イギリス式の場合は、痛みも体に対してストレスになるので、痛い場合は力を調節してくれる。

「ここではリラックスしていただくのがいちばんなので、痛気持ちいいというのが、ちょうどいいのです。もしも痛い場合はおっしゃって下さい」

痛くないというのは、それだけでもうれしい。香港でのリフレクソロジーの痛みは、押されて痛いという鈍い痛みではなく、歯医者で神経に触られたような、鋭角的な痛みだった。あれを経験しないだけでもありがたいというものだ。

足の爪先からマッサージをしてもらう。ときおり痛い場所もあるが、我慢できないほどではない。それよりも凝りがほぐれて行くような、気持ちのいい痛みだ。静かな音楽が流れ、足はマッサージされ、首筋はほかほかしてきて、私は本当に気持ちよくなってうとうとしてきた。そのとき、ちょっと離れたブースから、

「んごごご。がー」

という男性の大きないびきが聞こえてきた。思わず吹き出すと、担当者も、

「申し訳ございません」

といって笑っている。

「男性の方も多いのですか」

と聞いたら、四割が男性客だということだった。

「男の人も大変なのねえ」

といいながら、私はまたうとうとしてきた。ぽわーんとして、夢の中にいるようないい気分である。

私は最初のカウンセリングのときに、運動不足からきているのかもしれないが、左腕を背中に回すと、ある高さから上に上がらないのが悩みだといった。すると左足の甲の第四指と第五指の間をマッサージしてもらっているときに、

「ピピピ、ピピピ」

と左肩に信号が送られたみたいな感覚があった。

「おー、効いてる、効いてる」

うとうとしながらも、満足して目を閉じていた。

以前、疲れているといわれた胃腸の部分もやっぱり痛かった。泌尿器系も少し疲れているという。ストレスがたまっているときに痛むという、神経が集中している部分も、押されると痛かった。足が終わると今度は膝から下のすねの部分のマッサージである。ここはオイルでマッサージしてくれる。私は足の疲れは感じてはいないが、やはり気持ちがいい。七十五分ってとても長いのではないかと思っていたが、やってもらったら、

あっという間であった。施術後、

「いちばん気になったのは、少し冷えがあることなのですが、自覚症状はありましたか」

とたずねられた。もちろん寒いとは感じていたが、それが冷えだとは思っていなかったので、

「注意せねばいけませんね」

と肝に銘じた。

「それと、脚に少しむくみがあるようなのですが」

といわれたが、

「もとが太いのでよくわかりません」

と答えた。隣のブースにいた同行した女性が、それを聞いて、

「ぷっ」

と吹き出したのがわかった。泌尿器系が疲れているので、脚に少しむくみが出ていたのかもしれない。

施術が終わると、ハーブティーが待っている。私はそば茶を頼み、それをぐいぐいと飲んで、トイレに行った。やってもらったあとの感覚は、香港ではすぐにパワーがみなぎるといった感じだったのだが、今回はとっても気持ちよく、ぽわーっとしている。リ

フレクソロジーをやってもらったあとに、仕事をするのは避け、とても楽しいことをしたほうがいいという。同じリフレクソロジーなのに、施術後の感覚が全く違うことに驚きながら、私は同行した女性たちと、タイ料理を食べにいった。店で座っていても、体がほかほかしていて、ちょっとつっつかれたらすぐに眠りそうだった。まさにリラックスの極致といった感じである。特に爪先がぽかぽかしていて気持ちがいい。同行した女性は、汗がたらたらと流れてくるわ、何度もトイレに行くわで、老廃物が体中から吹き出しているといった具合だった。

おいしい料理を食べている間も、ぽわーっとしている。このままいい気持ちがずっと続くのかしらと思って、食べ続けて一時間ほどたつと、今度は体がしゃっきりしてきた。それもパワー全開というのと少し違い、澱んだ物が流れ出て、すがすがしくなったという気分なのだ。

「おー、すっきりしてきたぞ」

私はそういって料理をぱくぱくと食べた。

「行ってよかったわねえ」

といっていると、老廃物を体中から吹き出した彼女が、すごい人がいると話してくれた。そのすごい人は地方から月に二度ほど上京してくるらしいのだが、体には触れずに、背骨をまっすぐにするというのだ。体に触れないというと、気功なのかもしれない。彼女がへとへとに疲れて行ったとき、手のひらで体調を見たあと、ベッドに横になるようにいわれた。するとしばらくして、体が温かくなり、体の中で何かがぐいっと動いた感覚があった。

「先生、何かしましたか」

と聞いたら、

「背骨をまっすぐにしました」

といったというのである。

「本当にぐいっと体の中で何かが動いたの」

彼女は真顔でいった。

「へえ」

私は生春巻きを食べながら、そういうしかない。世の中には人体のリペアに関して、不思議なことがいろいろとある。「背骨が、ぐいっ」にもひかれるものはあるが、当座はリフレクソロジーに通って、ぼーっとする時間を増やそうと思ったのだった。

建て替えをめぐる攻防

建って丸一年の家を、母親が、

「建て替える」

と怒っている。そこには母親と弟が住んでいるのだが、関係がうまくいっていないのである。お互いにひとり暮らしを十年ほど続けていたので、生活の仕方が違う。最初はそうでも時間がたてば、折り合ってうまくいくと思っていたのだが、それが依然、ぶつかり続けているのだ。

最初、家を建てることになったとき、母親と私は、一階と二階できちんと二世帯住宅として分けたほうがいいのではないかといったのだが、弟がそれに応じなかった。

「母親が年をとって、体が動かなくなったときに、きちんと二世帯に分けていると生活がしにくいから」

というのが理由であった。

それで一階にはリビングキッチンと母の部屋が二部屋。二階には五部屋の家が建ったのだが、私は一度も新築の実家には行っていない。行けば文句をいいたくなるのは間違いないので、行かないほうが精神衛生上よい。私の部屋はすでにないし、大問題が発生しない限り、実家に行くことはないのだ。

私がいっこうに姿を見せる気配がないので、母親が家の写真を撮影して送ってきた。一枚目には玄関が写っていて、それを見て、

「ちゃんと建っているじゃないか」

と思った。ところが家の側面の写真を見たとたん、

「何だ、こりゃあ」

と私は頭に血がのぼり、

「渡した金を返せ！」

と叫びたくなったのである。

家というのは三軒建てて、やっと思い通りの物が建つといわれたりするが、それにしてもこれはないだろうといいたくなるような造りになっていた。側面から見ると、ただの二階建てのアパートにしかみえず、とても注文住宅とは思えない。おざなりについているベランダも、金属板にパンチ穴を開けたような代物で、

「こんな安っぽい造りの家を、どうしてOKしたんだあ」

と私はまた母親と弟に憎しみの炎がふつふつと沸いてきたのである。
二、三日ほどして、母親から、
「家の写真、着いた？」

と電話があった。私が何もいわぬうちに、

「あらためて見ると、あまりいい造りじゃないわよね」

という。写真を撮るときに、カメラのファインダーをのぞきながら、

「あまりよくないな」

と思ったというのだ。

「気がつくのが遅すぎる！　設計図をチェックしなかったの」

と怒ると、母親は、

「それは全部あの子にまかせたから……」

などと弟のせいにして逃げようとする。そんなはずはあるわけがなく、何か月もの間、毎週末、住宅会社の人と一緒に、あれこれいろいろと選んでいた話を私は聞いているのだ。

「あれだけお金をかけて、あんな変な家にしたなんて信じられない」

そういうと母親は、

「あらー、近所の人はね、中に入ると広々していいわねっていうのよ」

といった。

「それは外からそれだけ広いって思えないっていう証拠だ！」

とにかく腹が立って仕方がないのだが、ともかくあの家には私は住むわけではないのだからと、自分にいいきかせた。

その矢先に、母親から、

「家を建て替える」

という電話である。いったいどうしたのかと聞くと、弟があまりに細かくて、うんざりするというのだ。彼は私や母親と違い、性格が細かくきれい好きなのである。家は住んでいれば汚れてくるし、家具も使っていれば傷がつく。それが当たり前だと思うのであるが、弟はそうではない。弟がひとりで暮らしていたマンションに行ったことがあるが、ちりひとつなく、きれいに片づいているのを見て、驚いたことがあった。そここに雑誌や本が積み上げてある私の部屋とは雲泥の差だった。どちらかというと、母親もそれに近く、あとでまとめて掃除をするといったタイプである。しかし弟は今すぐに片づけないとだめという性格なのだ。

引っ越してすぐ、風呂場の横に置いてあった洗濯機の使い勝手が悪いので、母親が引きずって移動させたら、壁と床にすり傷を作ってしまった。

「これがばれたら叱られるかも」

と思いながら、しらばっくれていると、弟が会社から帰ってきて、食事をして風呂に入ろうとしていた。様子をうかがっていたら、案の定、弟はめざとく傷を見つけ、脱衣所からとびだしてきて、

「洗濯機を動かして、傷をつけましたね！」

と叱られたというのである。

「あの子と結婚する女の人は不幸になるから、世の中の女の人のために、あいつはひとりでいたほうがいいわ」

私は自分のことは棚に上げていった。

「そうなのよ。男の人はもうちょっとゆったりしててもらわないと」

それからも弟の細かいチェックに母親がついていけずに、「家を建て替える」騒動になったのだった。

それ以外にも光熱費のチェック、着物の整理整頓のチェックなど、さまざまなチェックが弟からなされる。二人の食費は私が母親に毎月渡している小遣いの中から出しているので、弟には関係がない。光熱費は彼の担当になっているので、無駄遣いをされては困るというわけなのである。また母親が着物を入れた箱を、二棹《さお》ある桐箪笥《きりだんす》の横に積んでおいたところ、すぐに大工さんを呼んで、私の部屋だったはずの二階の角部屋に棚を作り、

「ここに収納するように」

と申し渡したという。母親にすれば、

「あんたの部屋に置いているわけじゃなし私の部屋の整理整頓にまで文句をいうな」

というわけなのだ。

また最近にはそれにもう一つ加わった。「テーブルマナー」である。食事のときに音をたてないというのは、まあ、礼儀ではあるけれど、どうしても音をたててしまうことがある。すると弟は露骨にいやな顔をして、

「品がない！」

と怒る。

「この間なんか、おそばを食べていたときも文句をいわれたのよ。本当に細かいんだから。姑、小姑よりもずーっと質が悪いわ。顔を合わせるからこんなことになるんだから、最初にいったみたいに、きっちりと二世帯住宅に分ければよかった。本当にうるさい」

と不満をぶちまける。話を聞きながら、徒党を組んで私が税金のために貯めておいた貯金を横取りしていった二人が、不仲になったのを知って、ちょっとうれしかった。

「じゃあ、建て直せばいいじゃない。ついでに側面も直してもらえば。それで全部、丸く収まるわよ」

私は住宅の土地代金担当なので、住宅部分の建て替え、修繕は私の管轄ではないのだ。

ところがそういうと母親は、急に、

「でも絶対、『うん』っていわないもん。だいたい、私はあの子よりも狭い範囲で暮らしているのよ。向こうは二階全部とそれに一階の共用部分でしょ。私は一階だけで暮らしているんだから、とやかくいわれる筋合いじゃないわよ」

とまくしたてた。

「そうだ、それを全部、あいつにいってやれ」

「そんなことといえない」

母はいい澱む。

「じゃあ、我慢しなよ」

「でもねえ、腹が立つの」

といつまでたっても堂々巡りなのだ。そこで私が、

「家の名義は三分の二は私になっているんだから、あんたたちは残りの三分の一のスペースを半分に分けて暮らせ」

などというとまた大騒動になるので、ため息をつきながら、

（何とかうまくやってくれよ）

と頭を抱えていた。

そんな矢先、私が家の押入の整理をしていると、三十五年前に遊んだバービー人形が

出てきた。当時、デパートで買った着せ替え用の服と、母親が作ってくれた物も一緒だ。当時、母親はバービー人形の洋服作りに命を燃やしていた。ウールジャージで作ったスーツや、ニットワンピース、エプロンなど、他にもたくさんあったような気がするが、友だちに上げたか、なくしてしまったようだ。それでもミシンで丁寧に作られたのを見て、

「よく作ったもんだよなあ」

と感心してしまった。

服を見ているうちに、バービー人形の服を作りたくなってきて、市販されている人形の服作りの本を片っぱしから購入し、布地については母親に電話をかけた。とにかく彼女は物を山のようにためこんでいて、絶対に捨てない。実家だったらば人形の服に都合がいい端切れが、たくさんあるだろうと思ったのである。しばらくして、うちに段ボール箱が送られてきた。それを開けた私ははっとした。中からは見覚えのある布地がたくさん出てきたからだ。当時、私と弟、そして母親の服はほとんど手作りだった。黄色とオレンジ色のストライプは夏の半袖のワンピースだったし、ココア色のサッカー地も夏のワンピースだった。透けた花柄は母親のアンサンブルのブラウスだったし、レンガ色に紺の柄のシルクは父親のアスコットタイになったはずだった。私はその端切れを見ていて、その服を着てどこに行ったかまで思い出した。最近は金遣いが荒くなった母親で

あるが、私が子供のときに、乏しい家計のなかから家族の洋服を縫い、人形の服まで縫ってくれていたのだ。

母親が三十年以上前の端切れをずっと大切に持っていたのは、彼女のアルバムがわりだったのかもしれない。端切れを眺めているだけで、思い出すこともあったのだろう。なるほどと私はうなずき、これまでの彼女の散財も、仕方がないかと思いはじめたのであるが、母親がやってくれたことに対しては、

「子供のときにああいうことをしてくれて、ありがとう」

などとは口が裂けてもいわないだろうし、いえない。きっと弟も同じような思いがあるのだろうが、あらためて感謝をするわけでもない。それなりに母親の将来を慮っているのであるが、日々の問題は溜まる一方だ。私もこういうことがあったからといって、

「これからもどんどん、欲しい物を買ってください」

とは絶対にいえない。かといって何でもオープンに語り合う親子というのも気持ちが悪い。親には子供にはいえない親の気持ち、子供には親にいえない子供の気持ちがある。そんなものを抱えながら、ああだこうだと文句をいいながら暮らしていくのが、うちの家族には似合っているような気がしてきたのである。

心理テスト・鬼退治編

今はそんなことはないかもしれないが、私が学生のときに、美容院に行くとサービスのつもりなのか、美容師がなんだかんだと話しかけてくることが多かった。まるで調査するかのように、どこの学校へ行っているのか、家庭環境はどうなのか、などといろいろと聞かれ、うんざりしたものだった。友だちのなかには、

「そういう会話も楽しいじゃない」

と喜んでいる子もいたが、私は、

「そういう人に限って、へたくそなのよ。べらべらと喋る暇があったら、ちゃんと仕事をすればいいのよ」

といい放ち、

「こわーい」

などといわれたりした。

いつもカットをしてくれる人がいなくて、別の人に切ってもらったことがあった。当時は一般の美容院では、予約などというシステムがなかったからである。いつもカットをしてくれる人は、無口で黙々と髪の毛を切ってくれていたが、やってきたのはいかにも軽いといった感じの若い男性だった。彼はにこやかに笑いながら、髪の毛を切りはじめ、学校のことや家庭環境のことを聞き、私がそれに答えているうちに、あっという間に話は終わってしまった。すると彼は、

「じゃあ、クイズを出しますから、それに答えて下さい」

と突然、いいはじめた。

「いやです」

ともいえないので、

「はあ」

といいながら鏡の中に映った彼の顔を見ていると、

「あなたはピクニックに行きました」

という。私は、

(もしかしたら)

と思いつつも、おとなしく聞いていると、

「歩いていくと、道が二股に分かれています。右に行きますか、左に行きますか」

というのだ。それは私が高校生のときに、心理テストといわれて、友だちに聞かれた問題と全く同じだった。詳しい内容は忘れてしまったが、井戸というのがポイントで、ここでとんでもない答えをすると、みんなに大笑いされるという落とし穴があった。そのテストでは、井戸はセックスの象徴で、井戸に関わると、助平だといわれるというのが、私の頭にしつこく残っていたのである。

そんなことを知らない彼は、にこにこしながら話を進めていった。

「曲がりくねった道とまっすぐな道があって、どちらのほうに行きますか」

と明るく聞いてくる。あまりに彼が楽しそうにしているので、

「それ、知ってます」

とはとてもじゃないけどいえなかった。私は適当に、

「右です」

と答えると、彼は次々と、

「山小屋がありましたが、中に入りますか」

「小屋の煙突から煙が出ていましたか」

「歩いていると井戸がありました。そこの水を飲みますか」

と質問ぜめにした。

「中には入りません。煙も出てません。井戸の前は通り過ぎます」

といった具合に、ほとんどおつきあいといった感じで、彼の質問に答えていった。やっと質問は終わった。

「実はね、これであなたの心理がわかるんですよ」

彼はすごいでしょといいたげだった。どちらの道を選ぶか、山小屋に入るかどうかといったそれぞれの質問に深い意味があると彼は得意気に話した。

「特にね、井戸は重要なんですよ」

彼は意味ありげににやっと笑った。

「井戸ってね、セックスを意味するんですけどね、あなたは通り過ぎるっていったでしょ。それはね、とても淡泊なんですよ。僕なんか井戸をのぞきこんだうえに、水を飲むなんて答えちゃいましたからねえ。あっはっは」

とってても明るく笑うのであった。私は、

「かははは」

と愛想笑いをしながら、心の中でため息をついていた。彼は客とのコミュニケーションをはかるために、ネタを仕入れてきたのだろうが、私の対応はいまひとつ盛り上がりに欠けていたと思う。こういうテストにとても興味を持つ女の子もいるから、結果に一喜一憂して、

「やだあ、どうしよう」

と盛り上がる場合もあっただろうに、ちょっと気の毒だったかなと、あとになって思った。幸いだったのは、私がすべて知っていることに、彼が全く気が付いている様子がないことだけだった。

雑誌でもよくこのテのテストは載っていた。たとえば川が増水していて、小さなボートが一艘しかない。早く川を渡らなければ、こちらの身が危ないのだが、自分を含めてここには五人の人がいる。またボートには二人しか乗れない。自分は漕ぎ手となって、川を往復するのであるが、どういう順番で人を乗せたかということで、深層心理がわかるというものだ。私は、

「こんなんでわかるもんか」

と思いつつ、いちおうは答えてみると、

「あなたは人のいうことを聞かない、頑固な人です」

「男関係にだらしない」

などという結果が出て、

「ふざけるな」

といつも怒っていた。いいことでも悪いことでも、納得できる結果はほとんどといっていいくらい、得られなかったのだ。

そういうふうにいうと、

「深層心理だから、自分が知らない自分の姿がわかるのだ」

という友だちがいたが、現実に男関係にだらしがないどころか、だらしないといわれようがない毎日を送っている人にそういう結果が出るのは、何かの間違いか、こじつけとしかいいようがないと思っていたのである。

ところが最近、私の担当編集者のひかり嬢が、

「心理テストなんですけど……」

といって話しはじめた。私は、

「ふむふむ」

と、彼女の言葉を待った。もちろん知っていれば、

「それ知ってるよ」

というつもりで、準備していたのである。彼女は、

「あなたは桃太郎です」

という。これは今までになかったパターンだったので、私は素直に、

「はいはい」

と話を聞いた。

「鬼退治に行くのに、サル、イヌ、キジを連れていくのですが、もう一匹、動物を連れていくことができます。あなたは何を連れて行きますか」

これはなかなか短くてよろしい。ピクニックみたいにあちらこちらを歩かされるとうんざりするが、このように簡潔だとやってみようかという気になる。私は、迷わず、

「ネコ」

と答えた。すると彼女は、

「ところがその動物を、ある理由があって連れていけないことになりました。その理由はなんですか」

という。私はしばらく考えたあと、

「みゃーみゃー鳴いて、うるさいから」

と答えた。すると彼女は笑いをかみ殺しながら、

「これって、どういう理由で他人に嫌われるかっていうテストなんです」

というのだった。私は自分が答えた、

「みゃーみゃー鳴いて、うるさい」

という言葉にげらげら大笑いした。私は仕事以外ではだらーっとだらしがないのだが、仕事のことになると、ものすごく細かい内容にまで文句をいい、担当編集者に向かって、

「そんな仕事をしてると、いつまでたってもだめだよ」

と怒ったりするので、

「相当に嫌われてるんだろうな」

と想像して、おかしくて仕方がなかった。

自分がどういう理由で他人に嫌われるか。それにはとても興味がある。他社の編集者であるA氏は、

「ヘビ」

と答え、理由は、

「しつこいから」

だった。

「だいたい鬼退治にヘビを連れていくっていう発想も変だし、しつこいっていうのも、風俗好きの彼からすると、なんだか納得できるくらい、納得できますよね」

というので、二人でまた大笑いした。

ひかり嬢が社内の同僚に聞きまくったところ、いろいろな回答が出てきた。

「タカ。いばりくさって偉そうにしているけど、実は役に立たない」

「ブタ。役に立たない」

「ウシ。どんくさい」

「ヤギ。自分だけ助かろうとして、すぐ逃げようとする」

「リス。味方だと思っていたのに、ふと気が付くと敵のほうについている」

「クマ。いるだけで鬱陶《うっとう》しい」

「もう、うちの会社、ぼろぼろです」

彼女は頭を抱えていた。

そんななかで、判断不可能の人物が二人いた。一人の女性は「ネコ」と答えた。ひかり嬢が、連れていかない理由はとたずねると、彼女は首を横に振り、

「ネコは絶対に連れていくの。そのかわり、キジをやめたい。キジなんか連れて行く理由がない」

といい張って、桃太郎そのものの設定を拒否するに及んだ。もう一人はひかり嬢の夫の作家である。担当者のA氏が質問をすると、迷わず、

「ひかり」

と妻の名前を答えた。

「あのう、動物なんですけど」

A氏がいくら訂正を求めても、彼は、

「ひかり」

と彼女の名前しかいわない。

「あいつ、おれがどこかに行くときに、一緒に連れていかないと本当に怒るんや。連れていかないと、あとでどれだけ怒られるかわからん。だから、ひかり」

きっぱりと彼にいわれたA氏は、判断する言葉を得られず、すごすごと帰ってきたと

いう。

このテストが当たるのか当たらないのかわからないが、深層心理などよりも、はるかに面白かった。人に嫌われる理由がわかるなんて、これを考えた人は、本当に人間の心理のポイントを突いている。私はこのあとしばらく、

「みゃーみゃー鳴いて、うるさい」

という言葉を、何度も思い出しては、一人でげらげら笑っていたのである。

女ひとりの深夜タクシー

私が何の抵抗もなくタクシーに乗れるようになったのは、ごく最近である。若い頃にタクシーに乗って、不愉快なことが重なり、乗る気にならなかった時期があった。そのとき私は特に体調が悪いわけでもなかったが、ふだんより時間が遅くなり、酔っぱらい客がいる電車に乗る気にならず、タクシーに乗って家に帰ろうとした。ところが運転手さんに、「若い女が乗るなんて生意気だ」などというような言葉をずーっといわれた。

「どうして電車に乗って帰らないの。まだ電車あるでしょう」

と何度も繰り返す。私もタクシーに乗るのは贅沢かもしれないという負い目もあって、どういいわけしようかと考えたあげく、

「歯が痛くてしょうがないんです」

といった。すると彼は、

「歯が痛いっからって……」

と不満そうな声を出して、ずーっと文句をいい続けた。卑猥な話をされたこともある。それから何年もの間、乗ったうえに不愉快な思いをするのはいやだと、タクシーに乗るのを避けてしまったのだ。

それからタクシーの状況も改善されて、トラブルも少なくなったようだ。私は電車で移動することも多いが、以前に比べると格段にタクシーを利用する回数が増えた。月に二回ほど麻雀をするときは、電車が動いていない時間に帰ることが多いので、そのときはタクシーを使うし、外出したときも昼間は電車を使うけれども、夜の十一時を過ぎたときはタクシーを利用する。タクシーに乗る回数が多くなると、いろいろな運転手さんに出会えて、なかなか面白いのである。

何年か前、谷口ジロー、関川夏央の両氏が手塚治虫漫画賞を受賞された。私はふだんはほとんどパーティには行かないのだが、そこには出席させていただいた。その帰りに会場のホテルの前からタクシーに乗ると、運転手さんが、

「きょうは何かのパーティですか」

と聞くので、

「友人が賞を受賞したので、そのパーティがあったんです」

と話した。彼は、

「ほお、それはすごいですねえ。それはどういう分野の賞だったんですか」

と興味津々でたずねてくる。漫画家と原作者が受賞したのだが、私は原作者と知り合いなので出席したのだといった。

「そういうお友だちがいるなんて、本当に鼻が高いですねえ。みんなに自慢できるじゃないですか」

たしかに作品は素晴らしいと認めるけれど、個人的に関川夏央氏と知り合いでも、特別、周囲の人に自慢することでもないので、

「はあ、まあ、ねえ」

とごまかしていた。すると彼は、

「そういう方とお知り合いということは、お客さんも漫画を描いたりしてるんですか」

とまだ聞いてくる。

「いいえ、私は絵が下手ですから」

細かく話すのが面倒くさくなって、自分のことを詳しく話さないでいると、彼は、

「漫画も素晴らしいですけど、私はやっぱり本が好きですねえ」

といって語りはじめた。彼は相当に読書家のようで、きっぱりと、

「趣味は読書」

といいきっていた。主に読むのはノベルスやエンターテインメント、ミステリー系の小説で、

「新書判の小説なんかはあっという間に読めますからね。だから一日に何冊も読んだりしてね。だからずーっと本は持ち歩いているんですよ」

といっていた。そして、

「○○は昔、エロ小説を書いていたが、大衆文学に転向した。××は週刊誌の記者をしていたが、賞をもらって作家になった」

などと作家の経歴にも詳しいのである。

「へえ、そうですか」

と聞いていると、彼は、

「ほら、芥川賞、直木賞ってあるでしょ。あれってどういう区別があるかわかりますか」

と続けた。

「さあ、よく知りません。どういうふうに違うのですか」

話の流れからして、彼の話の腰を折るのも悪いなと思ったのと、どういうふうに説明するかを聞きたかったこともあった。すると彼は、

「芥川賞っていうのは、賞というものをはじめてもらう人のための賞なんですよ。ほら、石原慎太郎もそうだし、あのとき学生ではじめて賞をもらったでしょ。それと違ってね、直木賞は何度も賞をもらった人のための賞なの。そういう違いがあるんですよ。なかな

かこういうことを知っている人っていないんですよね」

というのだ。私は「知らない」といってしまった手前、

「それはちょっと、違うのではないでしょうか」

と訂正もできず、

「そうですか。全然、知りませんでした」

といっておいた。狭い空間のなかですべてをうまく収めるには、こういうしかなかったんである。彼は、

「私の中学校の先輩には、宮沢賢治がいるんですよ」

とうれしそうにいった。私は記念館に行ったことがあるので、その話をし、

「宮沢賢治は天才ですよね」

というと、彼は、

「そうです、その通りです。私は後輩として誇りに思っています」

と何度もうなずいていた。宮沢賢治の本はあまり読んでいないようではあったが、とにかく本好きであることは間違いなかった。

あるときは猥談大好きの運転手さんにあたってしまった。そのとき私は十五時間、麻雀をぶっ通しでやったあとで、よれよれであった。年配の運転手さんは、

「どうしたんですか、今日は」

というので、

「ずっと麻雀だったんです」

と答えると、

「土曜日から日曜日にかけて、麻雀ですか。そんなことしてないで、好きな男としっぽり濡れてないといけないねえ」

などと余計なことをいう。そして、

「私なんか、昨日の晩は愛人の二十歳の女の子をひいひいいわしちゃったもんね」

といったあと、あれやこれやと質問をしはじめたのである。

「お客さんは結婚してるんですか」

「独身ですよ」

「それはもったいないなあ。どうして結婚しないの?」

「病気がちな親と同居をしていて、面倒をみているもので」

こういう場合、私は嘘をつくのはやたらとうまいのである。

「そうですかあ」

しばらく彼は黙っていたが、

「でもね、女はね、男にやってもらわなきゃだめなの。とにかくはめてもらわないと」

としつこくいうのだ。

二十代の頃はタクシーの運転手さんに、

「彼氏いるの？　週にどのくらいしてるの」

などと聞かれたこともあったが、この歳になってこういう運転手さんにあたったことはないので、私は彼に興味を持ち、今度は逆に質問ぜめにした。

「運転手さんはおいくつですか」

「七十歳」

「お元気ですねえ」

「うーん、でもねえ、おととしは前立腺の手術をやってね」

「はあ」

「でも楽しみはあっちのことしかないよ」

「二十歳の愛人がいるとなると、奥さんも大変ですね」

「内緒だもん。絶対に内緒だよ、そんなの」

「お子さんはいらっしゃるんですか」

彼には息子が二人と娘が一人いて、その末の三十歳を過ぎた娘さんが仕事をしていて、まだ独身なのが悩みのタネらしい。彼の話では子供三人はみんな東大を出ていて、娘さんは古典文学を専攻している。教授と一緒に研究会に出席したり、その準備をしなければならなかったりで、

「結婚する暇もないし、周りは年配の結婚している人ばかりで、相手も見つからない。見合いをするのもいやだ」

といっているという。

「ちゃんとお仕事をしているんだから、いいじゃないですか」

「うーん、でもねえ、息子とは『あいつは処女だから、早く男にはめてもらわないとダメだ』って話しているんだ」

といったあと、

「長男の嫁はかわいくない」

と突然、いい放った。

「お前、夜、旦那とやっていることと同じことをおれとしてくれよっていうと、知らんぷりして無視するんだ。顔をにらみつけることもあるな。ああいうのはかわいくないよ。それに比べて、次男の嫁はかわいいんだ」

そういいながら彼は、

「けけけけ」

とうれしそうに笑った。

「だんなにおっぱいを吸わせているみたいに、おれにも吸わしてくれよっていったら、顔を真っ赤にして恥ずかしがるんだ。本当にかわいいんだ。それを聞いた息子は、『おやじはどうしてそんなことばかりいうんだ。やめてくれよ』って怒るんだけどね」

とまたうれしそうに笑うのだ。

「それは息子さんだって怒りますよ」

「けけけけ」

彼はとにかく次男の奥さんの態度を気に入っているようであった。

「とにかくねえ、娘がねえ、結婚してくれないと困るんだよ」

猥談が好きでも愛人がいても、子供のことが気になるのは、世の親と同じであるらしい。

「彼氏もいないっていうし。いったいどうなるのかねえ」

東大を卒業した人の父親が、客に対してこのような話しかしないっていうのは不幸なことだと、子供たちに同情したのと、寝不足で頭がだんだんぼんやりしてきて不機嫌になった私は、

「娘さんに彼氏がいないっていってても、お父さんが心配しなくたって、ずっと前にはめられちゃってますよ」

とついいってしまった。そういったとたん、彼は黙ってしまい、急におとなしくなった。タクシーの運転手さんにはいろいろな人がいるが、偶然に乗り合わせることに面白さがある。若い頃は猥談をされても、真正面から受け止めて、ぶりぶりと怒ったりした

が、最近では、それ以上の話をかまして、相手を黙らせるという術も身につけた。タクシーが恐くなくなった私は、今度はどんな運転手さんだろうかと、楽しみにしてタクシーに乗るのである。

ああ、このままでは……


昔、年寄りというのは、お茶を飲んだり、物を食べたりしているとき、どうして突然にむせるのだろうかと不思議に思ったことがある。十代、二十代のころの私はそんなお年寄りを見て、

「みっともない」

と顔をしかめたこともある。友だちの家に行って、そこにじいさんばあさんがいると、必ずといっていいほどむせる。それも何の兆候もなく、突然、茶を口にして、

「げーっほ、げほげほ」

と咳き込んで前のめりになるのであった。そのたびに、友だちや彼女のお母さんが、

「大丈夫？」

といいながら、背中をさする。しばらくして咳き込みが終わると、一同、

「ほーっ」

とため息をつき、

「何事もなくてよかった」

という空気が流れるのである。デパートの食堂などでも同じような光景を何度も目撃した。そのたびに、

「どうしてあんなふうになるんだろうか」

と首をかしげ、

「ああはなりたくないもんだ」

と思っていたのである。

ところが最近、自分がむせるようになってきた。いちばん最初にむせたとき、ひとしきり咳き込んだあと、

「あー、とうとう私にも来たか」

と愕然とした。そして自分がなってはじめてわかったが、あれはくしゃみのように、来るぞ来るぞというものではなく、当人が予想不可能な状態で、襲ってくるのである。

私の場合は食後、お茶を飲んでいるときに起こった。テレビを見ながらお茶を飲んでいて、茶碗を傾けすぎてぐっと茶が喉の奥に一気に流れ込んでしまった。そして妙なところに入り、

「げーっほ、げほげほ」

とむせて、口の中の茶を噴き出した。そのあげくに、顔が真っ赤になるほど咳き込んでしまったのである。しばらくしてやっと咳も収まり、

「うーい、死ぬところだったわい」

といいながらふと部屋の隅に目をやると、うちのネコが目をまん丸くして私のほうを見ていた。

それから二度、茶でむせた。さすがに気をつけるようになったので、茶を噴き出すことはなくなったが、口からだらっと茶が流れ出たり、まるでつわりのようにあわてて台所の流しに駆け込んだり、とても人様には見せられない光景が展開されている。こんなとき私は、つくづく、

「結婚してなくてよかった」

と思った。こんなところを夫に見られでもしたら、すでに飽きられているであろうに、ますます夫が遠ざかるのが目にみえるようだからである。その一方で、

「もしも結婚していたら、本当に洒落にならない状況に陥ったときに、助かるかもしれない」

とも思った。ネコは私が茶を噴き出しただけでも目を丸くして、逃げ出すくらいに軟弱だから、万が一、何かが起きた場合、ただびっくりするだけで何の役にも立たないはずだ。しかし夫だったら、殺意がない限り、いちおう妻がそんな目にあったら、背中く

らいさすってくれるだろう。

「ふーむ、どっちもどっちだねえ」

とうなずいていたら、ネコはそーっとすり寄ってきた。もしかしたら、こいつも訓練したら、背中のひとつもさすってくれるかもしれないと思い、

「げほげほって咳き込んだら、あんたは私の背中をこういうふうにするんだよ。わかった？」

と手をとって教えようとした。すると体をくねらせて抵抗し、部屋の隅までものすごい勢いで走っていき、また逃げられた。それ以来、私はネコに頼るのはあきらめ、物を口に入れるときに気をつけるようになったのである。

家でむせるぶんにはまだよかった。出版社との打ち合わせで、静かな和食店の個室で会食をしているときに、それが起こったときには、いったいどうしようかと本当にうろたえてしまった。座敷で和食を食べていて、御飯を口の中にいれて嚙み始めたら、そのうちの一粒か二粒が、喉の奥のほうにひょいっとはりついてしまった。うちにいたらば、本当の緊急事態になったとき、そこいらじゅうに御飯をぶちまけたとしても、あとで自分で掃除をすればいいのだから、差し障りはない。しかしそのときは場所が場所であった。そんなことはとてもできないし、咳き込むのさえはばかられる。私はしっかりと口を結び、御飯が噴射されるのを阻止した。ところが体は喉の奥の御飯粒を取り除こうと、

咳き込み態勢に入ってきた。それを押さえようと我慢していたら、目玉が左右にきょときょと動きはじめ、これが目が白黒するということなのだなと、あせりながらも納得したりした。

とにかく咳がこみあげるのは我慢できず、咳をひとつしたあと、急いでお茶を飲んだ。

(落ち着け、落ち着け)

といいながら、ゆっくり流し込んでいるうちに、へばりついた御飯粒も無事流れていったらしく、異物感はなくなり、同席者は全く気が付いていない様子だった。

(あー、よかった)

ふと額に手をやると、汗がどっと出ていた。ひょいっと何かの拍子で御飯粒が変な場所にへばりついて、その瞬間に目がとび出そうになったこともあるし、きっと体の反応が鈍くなってきたに違いないのだ。

ある日の午後、私は野菜などの買い物を済ませて古書店に行った。肩からはナイロン製の大きな買い出し袋を下げていたのだが、もしも何か出物があったら、買って帰ろうと店の棚を眺めていた。そこは私が徒歩でいける範囲のなかでは、置いてある本の数が多いので、買い出しのついでにちょくちょく立ち寄るのだ。最初、店内には若い学生風の男の子が一人だけいて、文芸書の棚を眺めていた。私は古書店に行くといちおう、隅から隅まで全部見て行くので、端っこの料理本のコーナーから見ていった。

すると次から次へとお客さんが入ってきた。どれも学生風の男の子ばかりで、それぞれ目当ての本がある棚のほうへ散っていく。私も棚の上のほうを見ながら、ずりずりと場所を移動していくと、ぷーんと妙な匂いが漂ってきた。思わずあたりを見渡すと、私の後ろでおじいさんが背中を向けて、純文学の棚を見ていた。

「ふーん、これが老人臭というものか」

私は納得しながら、棚を眺めていた。

お年寄りには老人臭があると友だちから聞いて、驚いたことがある。彼女の知り合いのおばあさんは、昔から派手な格好が好きな人であった。八十歳を過ぎてもきちんとお化粧をし、マニキュアをし、華やかなプリントのワンピースなどを着ている。それはいいのだが、化粧品の匂いと香水の匂いと、老人臭がいりまじっていて、室内で会うと卒倒しそうになるくらい、ものすごい臭いがしたというのだ。

「どういうわけだか、かわいがってもらっていて、一度、食事に誘われたことがあったのよ。フロアだったらまだ空気の流れがあるからいいんだけど、気を使って個室をとってくれててねえ。正直いってあれはいじめだったわねえ。とにかくものすごい匂いで頭は痛くなるし気持ちは悪くなるし、味もわからないし、よーく考えても、あのとき何を食べたか、記憶すらないのよ」

そう友だちはいった。昔から香水をつけるのが習慣になっていた人で、匂いに鼻が麻痺してしまっていたのと、自分の老人臭に気がつかないそのお洒落なおばあさんのおかげで、彼女は脳味噌が働かなかったというのだ。

私はその話を聞いて、

「香水と対等なほどの、その老人臭というのは、いったいどういう匂いなのか」

と関心を持った。そして古書店にきたおじいさんの匂いをかいで、

「ああ、これか」

と思ったのである。その匂いとは青くさいような、おならのような、そしてすえたような何とも不思議な匂いであった。

(ふーむ、これが香水の匂いと混ざったら、そりゃあ、臭いだろう)

とうなずきながら、私はつつーっとおじいさんのそばを離れた。店内にいる若者たちは、ぎょっとしておじいさんのほうを見るわけでもなく、じっと棚を眺めているだけである。

私はおじいさんが見ている棚をはさんで逆側にまわった。そこは女性関係の棚になっていた。目の前に大きな本棚があるから、おじいさんの姿など全く見えないはずなのに、まだぷーんとあの匂いが漂ってきた。老人臭って何てすごいんだと私は驚いた。山のように香水を振りかけている女性がいたとしても、間に背丈よりも大きな遮る物があれば、匂いは薄らぐものである。ところがさっきと同じように、あの匂いがしてくる。

（きっと老人臭は、ＳＯＳみたいなものなのかもしれない。もうあぶないです。みなさんいたわって下さいっていうサインなんじゃなかろうか）

私は棚の向こう側にいる、健康そうに見えたおじいさんの姿を思い浮かべながら、若そうに見えても意外に年をとっているのだろうかなどと思ったりした。

私はまた場所を移動した。今度は全集のコーナーである。そこには私しかいない。ところがまた、あの老人臭がぷーんと匂ってきたではないか。それもさっきよりも強くである。おじいさんが近づいてきたのかとびっくりして彼の居場所を探すと、まだ純文学の棚を熱心に見ていた。広い店内の端と端なのに、匂いが届くわけがない。

「これは……、老人臭ではないのかも……」

おそるおそる自分の体の周囲をくんくんしてみた。

「げえええ」

何と老人臭だと思っていたのは、さっき買い出しをしたニラの束の匂いだった。元気のよいニラを二把買い求め、肩から下げた買い出し袋に入れていたのだが、それがさっきからぷーんと匂っていたことに、全く気がつかなかったのである。おまけにそれをおじいさんが発している老人臭だと思いこみ、罪をなすりつけていた。臭いのは彼ではなく「中年臭」をふりまく私だったのだ。私はその場にいたたまれなくなって、あわてて店を出た。店内の男の子たちも、おじいさんも、

「あの女、臭いなあ」

と思いながら、じっと我慢していたのではないだろうか。とりわけおじいさんには本当に申し訳ないことをしたと深く反省した。その匂いが自分のそばから発しているということがわからないなんて、相当、感覚が鈍くなっている証拠だ。むせる、匂いには鈍感になっている。

「ああ、こんなことで、いったいどうなるのだ」

私は頭を抱えながら、そのあとたった一日ではあるが、ひどく落ち込んだのであった。

あとがき

何だかわけのわからないうちに、私が物書き専業になって、十五年が過ぎた。おまけに今年は一九九九年である。「ノストラダムスの大予言」の本が出版されたのは、私が高校生か大学一年くらいの年だった。本を読んだ私は、一九九九年に自分がいくつになっているかを考え、

「四十五歳か。相当なばばあだな。もうその年齢になったら、やりたいこともみーんなやってしまっただろうから、人類が滅亡してもいいや」

と思っていた。

ところがいざ自分がその年齢になると、やりたいことなど何もやっていないことがわかって、こっちのほうが人類の滅亡よりも恐ろしいくらいである。当時の私は、四十五歳というのは立派な中年で、これから迎える初老の時期の準備をはじめている年齢と考えていた。まさに「大人」であった。ところが実際にそうなってみると、自分は何ら、成熟していない。というよりも、当時のほうが、自分の将来のことや、人生などをまじ

めに考え、そして記憶力がよかった分、今よりもずっとましだったような気がするのだ。

どの職業でも、四十代は働き盛りといわれるが、私はスケジュールを見るたびに、

「あーあ、休みたいなあ」

とため息をつく。新しい仕事がはじまると、

「よし、がんばるぞ」

といちおうは張り切る。飽きっぽい性格なので、途中で投げ出したくなってくる。最終回が近づくと、

「あと少し」

とちょっぴり元気が出てくる。このところずっと、この繰り返しなのである。

本当は人類滅亡の予言など信用してないのだが、新しい連載の依頼には、三年前から、

「一九九九年の七月以降だったらいいですよ」

と返事をしていた。万が一、予言が大当たりしたら、自分もいなくなるけれど、連載をやらなくてもよくなるからである。しかしそんな気配はなく、連載はつかなくはじまってしまった。お仕事があるというのは、幸せだが、肉体はしっかりと歳をとっている。仕事もやりたいことのひとつだけれど、今は、

「もうちょっと、別のこともしたいな」

と思っている。

働いたおかげでまた新しい本を出してもらえたので、気晴らしに読んでいただけたらうれしいです。

文庫版あとがき

この文庫のもとになる原稿を書いたのは、今から五年前になる。別に何も変わっていないような気がするし、変わっているような気もする。日々、ぼーっと過ごしているので、何だか自分でも、よくわかんないのである。ただひとつ変わったことは、

「一日が終わるのが、異常に早くなった」

ということだ。朝起きてゴミを出して朝食を食べ、掃除と洗濯の合間に、資料の検索やメールチェックをしていると、ネコが、

「遊んでにゃ」

とすり寄ってくる。この因果応報の子ネコは平成十三年の夏に、プチ家出をして私を途方にくれさせたのであるが、戻ってきてからさすがに本人も反省したのか、それからちょっとおとなしくなってくれた。すり寄られて無視するわけにもいかないので、ベランダでブラシをかけてやったり、大の字になっている体を、さすってやったりする。そうこうしているうちに、すぐに昼になりニュースなんぞを見ていると腹が減ってくるので、昼食を食べる。食べるとちょっと体が重くなってくるので、腹ごなしに散歩に出る

と、少なくとも小一時間はかかる。帰ってきて仕事をしていると、すぐに夕方になり、寝ていたネコが起きてきて、

「遊んでにゃ」

というので、ひもの先に蝶結びをした布きれを結びつけた、自作のおもちゃで遊んでやる。またそうこうしているうちに、腹が減ってきて、晩御飯を食べる。そして食後、ネコを膝の上に載せて、テレビを見たり、本を読んだりしているうちに、もう寝る時間になってしまう。少しでも仕事ができれば、充実感もあるが、パソコンの前に座っても、全然、書けないときは、いったい何をしていたのかわからない。飯食って、ネコと遊んで、飯食って、散歩して、ネコと遊んで、飯食っておわりという、

「何じゃ、これは」

といいたくなるような一日だ。五十路間近になって、これから一日、一日が貴重になるというのに、

「こんな無意味な日々でいいのだろうか」

と反省する。反省はしているのだが、ついつい何でも後でいいやという性格なので、お尻に火がついて大慌てをする。

「遊んでにゃ」

といっても遊んでもらえなくなったネコは、

「みーっ、みーっ」

とパソコンの横でわめき続けるので、

「かあちゃんが仕事をしないと、あんたも御飯が食べられないんだよ。それともあんたが傘を持って綱渡りをして、稼いできてくれるか」

といってみる。ちょっとネコは嫌な顔をするが、強硬手段に出る。最初はディスプレイを自分の体で隠し、しまいにはキーボードの上に載ってしまう。無理にどかそうとすると、今度は首ったたまに抱きついてきて離れなくなるので、どっちみち私はお手上げになる。ネコのスケジュールにあわせて、仕事をしているようなものなのだ。

そして、

「遊んでにゃ」

ではなく、

「買ってにゃ」

のほうの母親であるが、最近はさすがに、これ以上、私から吸い取れないとわかったのか、ずいぶんおとなしくなった。が、相変わらず、毎日、お稽古事にエステにと出かけているようだ。私の友だちの母上は、うちの母親よりも八歳ほど年上で一人暮らしをなさっているのだが、時折、暗い声で、

「体の具合が悪い」

と電話がかかってくるのだという。高齢でもあるし、心配になってよーく話を聞くと、病気で体調が悪いのではなく、

「ずっと家にいて気分が悪くなった」

というのだ。つまり、

「どこかに連れていってにゃ」

ということらしいのである。うちの母親も、

「欲しい物を我慢していると、気分が悪くなる」

といっていたから、年寄りの母親というものは、病気じゃなくても、我慢しているものがあるとすぐ気持ちが悪くなる生き物らしい。

「はいはい、わかりました」

彼女はため息をつきながら、旅行に連れていってあげる。同じ娘として頭が下がる行動である。そうすると具合が悪いといった母上は、嘘のように元気になり、そのかわり、娘がぐったりするという、構図になっているのである。

娘といえども中高年にもなれば更年期を迎えているのは間違いなく、ただでさえ体調が思わしくないときが多い。そのうえ年寄りの母親や万年幼児のようなネコを抱え、もともと、ぬるい性格の私の行く末には、まだまだ茨《いばら》の路が続いていそうな気がするのである。

初出　文藝春秋　平成九年七月号～平成十一年七月号
単行本　平成十一年八月　文藝春秋刊

文春文庫

ヒヨコの蠅叩《はえたた》き

定価はカバーに
表示してあります

2002年7月10日　第1刷

著　者　群《むれ》　ようこ

発行者　白川浩司
発行所　株式会社 文藝春秋
東京都千代田区紀尾井町3-23　〒102-8008
TEL　03・3265・1211
文藝春秋ホームページ　http://www.bunshun.co.jp
文春ウェブ文庫　http://www.bunshunplaza.com

落丁、乱丁本は、お手数ですが小社営業部宛お送り下さい。送料小社負担でお取替致します。

印刷・凸版印刷　製本・加藤製本

Printed in Japan
ISBN4-16-748510-9

エッセイと対談

（　）内は解説者

石川三千花
顔が掟だ！
論より顔。まず目に見える事実が大切だ！　マドンナ、勝新太郎、マイケル富岡、女性ニュースキャスターなど各界著名人の「顔力」を徹底チェックした楽しいエッセイ＋イラスト集。
い-37-1

石川三千花シネマ通信
石川三千花の勝手にシネマ
「パルプ・フィクション」で踊るトラボルタの靴下には穴があいてた？　ティム・バートン監督は縫い目フェチだ！　等五十七本の映画を鋭い観察眼で捉えたイラスト入り痛快シネマ絵本。
い-37-2

中野翠＋石川三千花
ともだちシネマ
私生活でも仲のよい超毒舌映画フリーク・コンビが放つ痛快対談集。映画界のベストカップル、男優、女優を肴に言いたい放題。この一冊で映画の見方が変わる!?　イラスト多数。
い-37-3

石川三千花
服が掟だ！
衿なしスーツが主張する〝知的な女〟度。プリーツ加工服に漂う〝クセのある女〟度。洋服から人間の気持ちや世の中の仕組みが見えてくる。辛口エッセイに加えカラーイラスト多数収録。
い-37-4

柴門ふみ
サイモン印《じるし》
セックスについての仮説、小和田雅子さんはヒラリーか？　男は中学生の頃が美しい、貴・りえ勝負のわかれ目、オーストラリア失踪妻のエロス等、ミーハー満足度100％のエッセイ集。
さ-25-1

酒井順子
たのしい・わるくち
悪口って何でこんなに楽しいの？　自慢しい・カマトト・慇懃無礼……あなたの周りの女性たちの化けの皮を剝ぐ、人気コラムニストのイジワルな視線と超一級の悪口の数々。（長嶋一茂）
さ-29-1

文春文庫

エッセイと対談

私の青空
中野翠

校門圧死事件、デイズ・ジャパン廃刊騒動、サダム・フセインに勝新太郎逮捕……あんまり明るくなかった1990年。世紀末の入口に立って、辛口コラムニストが探した〝青空気分〟は？

な-27-4

私の青空1991
中野翠

シリアスとジョークの間に真実を見つけ出し、現代の閉塞状況から抜け出すために、メディアとしての中野翠はある。卓越した直感に基づくコラムを集めた「極私的年鑑」の1991年版。

な-27-5

ひょんな人びと
92・私の青空

中野翠

バブルは崩壊、ソ連も消滅した後にやってきた1992年。「オーッ」と驚くほどの事件もなく、なぜか〝ひょんな人びと〟ばかりの目立つ世の中に。「平成青空三部作」最後を飾る作品。

な-27-6

満月雑記帳
中野翠

りえ・貴花田婚約→破棄、皇太子妃内定に始まった「極私的年鑑」1993年版。Jリーグやロイヤル・ウェディングに浮かれ騒ぐ世相を横目に見ながら、中野翠はひたすら我が道をゆく。

な-27-7

犬がころんだ
中野翠

若ノ花夫人、美恵子さんバッシング第一波、ヘア・ヌード、悪魔くん、そして勝新太郎ふたたび。おなじみ極私的クロニクルの'93〜'94年版。㊕著者の私生活を初公開した「東京10階日記」。

な-27-9

偽《にせ》隠居どっきり日記
中野翠

「ご隠居さん」に惹かれる……なあんて偽隠居を気取っていたら、'95年は阪神淡路大震災に地下鉄サリン事件が勃発、空前絶後の一年に。読者からの反響が大きかったヘンな手鞠唄も紹介。

な-27-10

（　）内は解説者

中野翠
会いたかった人、曲者天国
思わず「他人じゃないっ！」と感じてしまう、会ったこともないのに懐かしい人たち39人。シャネル、一葉、志ん生から自分のひいおばあさんまで。中野翠初めての人物エッセイ集。
な-27-11

ナンシー関＋大月隆寛
地獄で仏
日本一の消しゴム版画家と気鋭の民俗学者ががっぷり組んでの超無差別級対談集。素人ヌードの怪、国際貢献の謎、SMAPの評価など芸能から政治経済まで混迷の時代を斬る！
な-36-1

ナンシー関
テレビ消灯時間
消しゴム版画の超絶技巧とピリリと辛い文章で、うのが、なお美が、鶴太郎が、ヒロミ・ゴォウが情け容赦なく切り刻まれる。〝テレビ批評〟の新たな地平を拓いたコラム集。（関川夏央）
な-36-2

ナンシー関
テレビ消灯時間2
「週刊文春」好評連載コラム第二弾。フミヤ、明菜、玉緒、欽ちゃん、タッキー、安藤優子……まっとうにして鋭く痛いナンシー画伯のペンと消しゴム版画の技が冴える！（宮部みゆき）
な-36-3

ナンシー関＋町山広美
隣家全焼
裏ワイドショー的カップル、水野晴郎のコスプレ、ひなのとキティ……。日本コラム界の明日を担う（？）エッジな二人が、クサイものの蓋を開けまくる。「クレア」超人気連載の文庫版。
な-36-4

ナンシー関
夜間通用口　テレビ消灯時間3
あざとくてナメてて、そのくせ妙にワキの甘いテレビ番組と登場人物達にナンシー画伯の血圧も乱高下！　それでも腹を括って突っ込むコラムには今回も「変」が満載だ。（パラダイス山元）
な-36-5

文春文庫

エッセイと対談

（　）内は解説者

ナンシー関＋町山広美
堤防決壊
心静かに暮らしたいのに、世間は怒濤の如く二人の堤防を突き崩す。だから急いで、心の岸辺に土嚢を積め！　世紀末日本の有象無象を喝破して大人気の対談「吠えろ！　俺たち」の完結篇。

な-36-6

中村うさぎ
ショッピングの女王
住民税は滞納、〝むじんくん〟にまで手を染めながら、なおも買い続けるシャネル、ヴェルサーチ、エルメス、ルイ・ヴィトン。愛すべき女王様の壮絶な浪費生活エッセイ。（ピーコ）
な-41-1

松尾スズキ
ぬるーい地獄の歩き方
辛いのに公然とは辛がれない、それが「ぬるーい地獄」。失恋、若ハゲ、いじめ、痔……ヌルジゴ案内人・松尾スズキがお送りする、切なくて哀しくて失礼だけどおもしろい平成地獄めぐり。

ま-17-1

群ようこ
別人「群ようこ」のできるまで
本の雑誌社に六回目の転職をした。椎名誠、目黒考二らと楽しく仕事をと思ったけれど、待っていた日々は楽じゃなかった。兼業エッセイストから完全独立するまでを綴った書下ろし。

む-4-1

群ようこ
下駄ばきでスキップ
歯に衣着せぬ正義の人・群ようこが〝歩く目玉〟となっておくる不思議な人込み体験記。人だかりのする方角へ身一つで飛び出してみたら次々おこる珍事件、充実の二十二篇。（鷺沢萠）
む-4-2

群ようこ
撫で肩ときどき怒り肩
友達との長電話やテレビの前でゴロゴロしている日常にこそ、ラディカルな笑いがあふれているのだ。読めばたちまちあなたにも愛と勇気がわいてくる爆笑コラムが六十四篇。

む-4-3

エッセイと対談

（　）内は解説者

半径500m《メートル》の日常
群ようこ
原稿書きに編み物、テレビと出不精な生活をしていても、周囲には面白い人、困った奴がいっぱい。「いるいる」と思わず膝を打ちたくなる、笑いと怒りのコラム・ワンダーランド。
む-4-4

肉体百科
群ようこ
油抜きダイエットでしもやけができる、二重うなじの恐怖、ひじの梅干し化、「三つつむじ」の秘密、いいふくらはぎと悪いふくらはぎ……等、「体」にまつわる抱腹絶倒のコラム百三篇。
む-4-5

ネコの住所録
群ようこ
動物たちはものを言えないけれど、こんなにもおしゃべりだ。妻を自慢する雄猫、運痴の犬、グルメの鳥にクーラーで涼む蜂、痴漢に間違えられた鹿にいのししレース等、傑作動物エッセイ。
む-4-6

猫《ねこ》と海鞘《ほや》
群ようこ
犬だって夢を見る、猫だって冷蔵庫に入りたい、ベルトだって空を飛ぶ……どうしてこんなにケッサクな出来事ばかり起きてしまうのか。日常生活を軽妙に綴った面白さ抜群のエッセイ集。
む-4-8

むかつくぜ！
室井滋
女優ムロイの行く先々、半径1m以内に起るアヤシイ事件の数々——。むかつくことばかりの世の中を、〝笑い〟で迎え撃て！　ベストセラーとなった処女エッセイ集。（宮部みゆき）
む-12-1

叱られ手紙
秋山加代
父・小泉信三の微笑ましい思い出と、古き良き昭和の家庭の上質な空気が、六十五通の手紙とエッセイで綴られる。心遣いとユーモアを絶やさなかった、父と娘の関係が見事。（阿川佐和子）
あ-10-3